라울 파방의 제1회 아테네 올림픽

KB150754

작가가 사랑한 도시 09

라울 파방의 제1회 아테네 올림픽

초판 1쇄 인쇄 _ 2010년 7월 1일
초판 1쇄 발행 _ 2010년 7월 10일

지은이 _ 라울 파방 | 옮긴이 _ 이종민

펴낸이 _ 유재건
펴낸곳 _ (주)그린비출판사 | 등록번호 _ 제313-1990-32호
주소 _ 서울시 마포구 동교동 201-18 달리빌딩 2층
전화 _ 702-2717 | 팩스 _ 703-0272

ISBN 978-89-7682-118-8 04800 978-89-7682-109-6(세트)
이 도서의 국립중앙도서관 출판시도서목록(CIP)은 e-CIP 홈페이지
(http://www.nl.go.kr/ecip)에서 이용하실 수 있습니다.(CIP제어번호: CIP2010002356)
책값은 뒤표지에 있습니다. 잘못 만들어진 책은 서점에서 바꿔 드립니다.

그린비출판사 나를 바꾸는 책, 세상을 바꾸는 책
홈페이지 _ www.greenbee.co.kr | 전자우편 _ editor@greenbee.co.kr

작가가사랑한 **도시 09**

라울 파방의 제1회 아테네 올림픽

라울 파방 지음, 이종민 옮김

지구의 표면 위로 성화가 달린다.
성화는 국경을 지나고 또다시 다른 국경을 넘는다. 모든 것이 원활할 때에만
점화되는 이 성화는 올림픽 경기를 알려 주는 신호이자 야등(夜燈)이다.
—앙투안 블롱댕, 『레퀴프』에서

．．．．．．．．

1894년 6월 16일부터 23일까지 열린 '국제스포츠회의'에서는 올림픽을 개최하자는 의견을 내놓았다. 이 의견은 유럽 각국 대표들로부터 만장일치로 찬성을 얻었고, IOC(국제올림픽위원회)가 조직되었다. 쿠베르탱의 건의에 따라 그리스의 디미트리오스 비켈라스가 초대 IOC 위원장이 되었고 쿠베르탱은 사무총장에 올랐다. 이들은 1900년에 파리에서 최초의 근대 올림픽을 개최하는 데 합의했으나 6년이라는 준비기간이 너무 길다고 느껴 시간과 장소를 변경, 제1회 올림픽 대회를 1896년 유서 깊은 아테네에서 개최하기로 결정하였다.

위 사진은 1896년 IOC 위원들: (왼쪽부터) 빌발트 게브하르트 박사, 피에르 드 쿠베르탱, 이리 구트-자코프스키 박사, 드미트리우스 비켈라스, 프란츠 케메니, 알렉세이 부토프스키 장군, 빅토르 발크 소령.

제1회 아테네 올림픽에 참가한 14개국: 그리스, 덴마크, 독일, 미국, 불가리아, 스웨덴, 스위스, 영국, 오스트레일리아, 오스트리아, 헝가리(당시엔 오스트리아-헝가리 제국이었으나 선수 집계는 각 국가가 따로 진행했다), 이탈리아, 칠레, 프랑스

1896년 개막일 사진. 우여곡절 끝에 14개국 300여 명의 선수들이 참가한 가운데 그리스 아테네 파나시나이코스 스타디움(Panathinaikos Stadium)에서 역사적인 제1회 올림픽이 열렸다.

제1회 올림픽 당시의 공식 포스터.

. . . .
제1회 아테네 올림픽 투원반경
기 우승자인 미국의 로버트 가렛
(Robert Garrett).

. . . .
프랑스 대표로 제1회 아테네 올림픽에 참가한 사이클 선수인 레온 플레망(Léon Flameng, 오른쪽)과 폴 마송(Paul Masson, 왼쪽).

차 례

일러두기

1 이 책은 Raoul Fabens, *La Nouvelle Revue*, Gallica, 1896에서 '제1회 아테네 올림픽'이 개최될 당시 임시특파원의 자격으로 파견되었던 라울 파방이 쓴 르포 를 발췌해 옮긴 것이다.

2 본문 이해를 돕기 위한 옮긴이 주 가운데 인명과 지명 등의 간략한 정보는 본문에 작은 글씨로 덧붙였으며, 좀더 상세한 설명이 필요한 내용은 각주로 처리하였다.

3 외국 인명이나 지명, 작품명은 2002년 국립국어원에서 펴낸 외래어표기법을 따라 표기했다.

4 단행본·정기간행물은 겹낫표(『 』)로, 논문·단편·곡명 등은 낫표(「 」)로 표시했다.

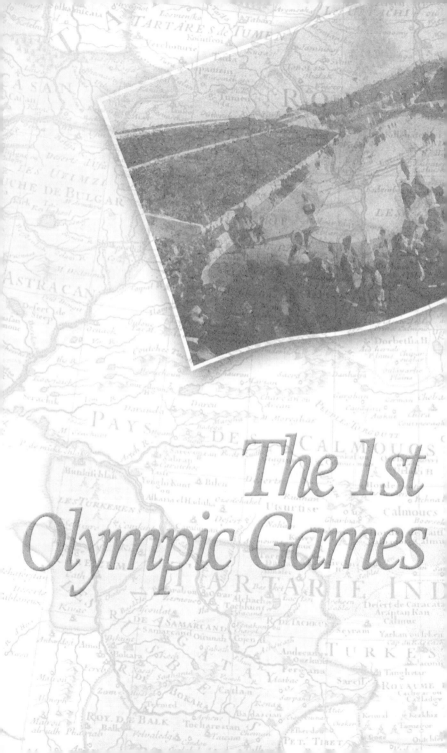

The 1st
Olympic Games

고대 올림픽 경기[*]

저 유명한 스포츠 경쟁으로 널리 알려진 올림피아^{Olympia} 지역은 서부 펠로폰네소스 반도의 크로노스 산 바로 아래에서 알페이오스 강과 클라데오스 강이 합류하는 지점으로 올림피아드 평원의 신전이었다. 현재 형태가 거의 남아 있지 않은 육상경기장이 성스러운 성벽^{Altis}^{**}을 에워싸고 있었다. 서쪽으로는 씨름판과 체력단련장이, 동쪽으로는 도보경기장과 경마장이 위치해 있었다.

그곳에서 펼쳐지던 경기들이 제우스신을 경배하는 무수한 의식들 중 하나였음에도 불구하고, 그 경기들은 엄청난 군중을 끌어들여 올림피아에 세계적인 명성을 안겨 주었다. 두말할 필요도 없이 도시든 개인이든 제우스신의 신봉자들은 무수한 제물을 성소^{聖所}에 바쳤다. 이 풍요로운 종교적 중심지의 국제적인 중요성은 이웃 국가들의 커다란 경쟁심을 촉발시켰고, 엘리스

Elis, 그리스 남부 펠로폰네소스 반도의 북서쪽에 있던 고대 그리스의 도시국가는 그곳을 이웃 국가들로부터 소중하게 지켰다.

올림픽 경기는 4년마다 한 번씩 한여름에 개최되었다. 고대 그리스는 각기 독립적인 국가들로 나뉘어 상호 간에 종종 전쟁을 벌이고 있었기 때문에 엘레아고대 그리스의 식민지의 대사들은 올림픽 경기 기간 동안 '성스런 휴전'Ekecheiria을 선포했고, 국제적인 적대행위는 중단되었다. 따라서 순례자들과 선수들은 안전하게 장거리 여행을 하여 개막식에 참석할 수 있었던 것이다. 이 휴전을 위반하는 경우에는 사형에 처해졌다.

엘리스의 이피토스 국왕이 휴전의 토대를 마련하여 이를 최초로 시행한 것은 기원전 776년의 일이다. 올림피아드Olympiad*에는 도보경주 시합에서 우승한 사람의 이름이 새겨졌다. 올림픽이 최절정일 당시의 종목은 13가지였다. 그 내역을 살펴보면 4가지 도보경주와 스타디온192m 단거리 경주, 디아울로스약 400m 경주, 돌리코스약 5,000m에 해당하는 장거리 경주, 무장경주武裝競走, 세 가지 격투기인 레슬링과 권투, 판크라티온레슬링과 권투를 혼합한 경기, 혼합경기로서 선수들이 멀리 뛰고 원반과 창을 던지고 레슬링을 하면서 경쟁하는 판타틀론5종 경기, 그리고 2두마차 경주와 4

* 올림피아 제전과 다음 올림피아 제전 사이 4년간을 1기로 하는 고대 그리스의 역수 (曆數) 단위.

두전차 경주가 있었다. 끝으로 성인들과는 별도로 '청소년'들이 도보경주에서 기량을 겨루고, 레슬링과 권투 종목에서도 맞서 싸웠다.

당시에는 종교적 의식들이 스포츠 행사와 밀접하게 혼합되어 있었다. 제우스신에게 바치는 봉헌물이 올림픽이라는 사건의 발단이 되었고, 이어 심판들과 선수들이 선서를 하고, 심판장들이 각 경기의 시리즈를 제비뽑기할 때는 펠롭스Pelops**에게 제물을 바쳤다. 3일째 되는 날과 5일째 되는 날 저녁에는 '스테파네포리아'Stéphanèporie라는 행사가 열렸다.

경기의 승자들은 행렬을 지어 그들의 관을 제우스신에게 헌정했고, 그러는 동안 사람들은 이따금 가장 위대한 시인들의 재능으로 빚은 영웅적인 '서정시'épinicies, 승자의 영광을 찬양하는 시와 같은 그때그때 적절한 찬가로 승자들에게 경의를 표했다. 스테파네포리아에 뒤이어 우호적인 밤의 향연이 열렸다. 마지막 날에는 승자들과 주요 공식 임원들이 제우스신에게 헤카톰베제물로 소 100마리를 신에게 바치는 제사를 바치면서 축제를 마감했다.

기원전 732년에 있었던 스파르타의 승리는 올림피아의 범그리스적인 명성의 시작을 기록한다. 기원전 696년의 우승자는

** 그리스 신화에 등장하는 영웅으로 제우스의 손자이자 탄탈로스의 아들이다. 펠로폰네소스와 오이노마오스 왕국을 정복했다.

아테네인이었고, 688년의 우승자는 이오니아인이었다. 대도시들은 승리의 관을 놓고 서로 다투었고, 곧이어 그 성전聖殿 자체도 국제적인 분쟁의 소용돌이 속으로 휩쓸렸다.

펠로폰네소스 반도의 평화를 좌우하는 스파르타에 의해 강요된 오랜 평화의 기간이 끝난 후, 올림피아는 서서히 쇠락의 길로 접어들기 시작했다. 알렉산더 대왕의 정복은 그리스 세계의 무게중심을 동쪽으로 이동시킴으로써 그리스는 인구가 줄어들었다. 로마의 정복자들은 올림픽이 거행되는 것을 이해하지 못했고, 그리하여 성전을 약탈했다. 결국 신체를 드러내는 것에 적대적인 기독교는 운동경기의 원칙 자체를 반대했다. 393년 로마의 테오도시우스 황제는 올림픽 경기를 금지시켰고, 그의 손자 테오도시우스 황제 2세는 그 성전을 완전히 파괴해 버렸다.

고대의 올림픽 경기는 그리스 문명에 막대한 영향을 미쳤다. 일상적으로 올림피아의 씨름판에서 운동경기가 나체 상태로 벌어짐으로써 조각가들은 신체의 조화로운 아름다움에 대한 취향을 지니게 되었다. 경기에 대한 찬양은 개선 오드Ode, 서정단시를 짓기 위한 소재를 제공했고, 그 중 가장 유명한 것은 「핀다로스의 개선 오드」이다. 관객들은 명성이 자자한 작가들과 저명한 웅변가들의 관심을 끌 정도로 충분한 교양을 갖추고 있었다. 그리하여 헤로도토스는 관객들 앞에서 자신의 작품인 『역사』Histoires의 일부를 읽어 보이기도 했다.

이방인들에게 접근이 허락되지 않는 하나의 제식을 거행하면서 며칠간 하나가 된 그리스인들은 자신들의 동족성을 자각하고 있었다. 시합에 참여한 경쟁자들을 부추기던 충성심과 우월성의 이상理想에 관해 말하자면, 그러한 덕목들은 아직도 우리 현대인들에게 영감을 주는 윤리학의 토대를 세우고 있다.

쿠베르탱의 업적

요컨대 올림픽의 개혁은 공인된 기존의 생각들을 뒤엎는, 공화국에 열정적인 태도를 보이던 한 교육개혁가의 업적이었다. 피에르 드 쿠베르탱Pierre de Coubertin, 1863~1937은 인간의 해방을 위해 국제적인 교육법 선언을 창안했다. 전 생애를 통해 경직화된 세계를 거부하던 그는 교육의 한계를 깨닫고, 국제적 긴장에 맞서 평화주의와 통합주의를 증진시키려고 투쟁했다. 이 휴머니스트는 『스포츠 교육학』 *Pédagogie Sportive*에서 이렇게 쓰고 있다. "노력은 숭고한 기쁨이다. 성공은 목적이 아니라 더 높은 곳을 겨냥하기 위한 하나의 수단이다. 개인은 인류를 위해서만 가치를 지닌다."

스무 살에 영국으로 떠난 쿠베르탱은 영국의 교육 시스템을 연구하고, 1875년 프랑스에서 출판된 톰 브라운의 『중등학교 생활』 *A Year at School*을 통해서 토머스 아널드의 교육학적 업적을 럭비에서 찾아낸다. 여러 '공립학교들'을 방문하면서 그는 "학원 스포츠의 책임하에 숨겨진 도덕적, 사회적 교육의 계획 전체가 존재하고 있다"는 사실을 깨달았다.

실제로 앵글로색슨의 중등학교는 세계에 대해 문호를 닫는 것이 아니라 오히려 학교에서 사회에서의 삶의 규칙을 재창조한다. 거기에서 스포츠는 사회화와 도덕화의 한 수단이며, 따라서 젊은 층의 교육을 위한 한 수단으로 등장한다. 프랑스의 중등교육이 겪고 있는 무수한 고통들, 즉 설비 문제라든가 순응주의, 허구虛構, 위생과 신체교육의 결핍에 대항하여, 그리고 한 세대가 자신과 자신의 힘, 자신의 책임감에 대해 자각하도록 하기 위해서는 이러한 모델을 프랑스에 도입할 필요성이 있었다. 따라서 쿠베르탱이 가다듬은 교육시스템은 현대 스포츠에서 교육의 주요 성분을 이룬다.

그리하여 새로운 교육세도가 보색되어야 했다. 쿠베르탱은 공권력을 상대로 여러 가지 임무를 수행하고 다양한 발언을 쏟아 냈다. 오랜 기간에 걸친 미국 여행에서 돌아온 그는 1889년에 발표된 저서 『미국의 대학들』*Universités Américaines*에서 앵글로색슨의 모델을 이렇게 두둔한다.

"체육교육이 내포하고 있는 중요한 위치를 체육교육에 부여하려는 관심이 프랑스에서 분명해지고 있는 순간에, 현재 체육교육의 가장 대립적인 두 가지 시스템이 공존하는 한 국가에 관심을 기울이는 것은 흥미로운 일이었다. 두 가지 대립적 시스템

이란 바로 영국에서 들어온 자유로운 게임과 독일에서 도입된 과학적인 체육이었다. 여기서 주목해야 할 것은 자율성이 자유로운 게임들의 구성을 지배한다는 사실 자체를 통해, 그 자유로운 게임들이 체육에 거의 근접하는 것으로 만족해한다는 사실이다. 반대로 불관용不寬容은 독일체육의 근간을 형성한다. 독일체육은 항상 규정에 의한 엄격한 훈련으로 통일된 움직임만을 인정한다. 그것은 원칙의 적용보다 원칙에 더욱 관심을 두는 몇몇 이론가들 —— 합리적이긴 하지만 교육학에 무지한 —— 이 체육교육에 부여하고자 하는 과학적이고 권위적인 성격을 체육교육으로부터 앗아 가도록 방치하지 말라는, 우리에게 보내는 하나의 경고이다."

내무부 장관인 쥘 시몽 장관은 쿠베르탱의 견해에 동조하고 나섰다. 그는 같은 해에 다음과 같이 쓰고 있다. "한 사람의 대학입학 자격자, 한 사람의 학사 학위자, 한 사람의 박사 학위자를 만들어 낼 수는 있지만, 한 사람의 남성을 만들어 낸다는 것은 논외의 일이다. 오히려 우리는 그 남성에게서 남성다움을 파괴하는 데 15년을 소모하고 있는 실정이다. 우리는 근육도 없고, 장애물을 뛰어넘을 줄도 모르며, 모든 것을 두려워하는, 반대로 쓸모없는 모든 종류의 지식을 머릿속에 쑤셔 박고 모든 면에서 지도를 요하는 보잘것없고 우스꽝스런 인물 하나를 사회로 돌려 보내는 셈이다. 그러면 그는 이렇게 말할 것이다. '여기

대학에서 그랬던 것처럼 국가가 내 팔을 잡아 줘야 해. 사람들은 나에게 수동적인 것만을 가르쳤단 말이야. 한 명의 시민이라고? 내가 남자라면 아마도 시민이 될 수 있겠지만 말이지.'"

스포츠 단체들을 총괄하는 프랑스스포츠연합의 탄생 5주년을 기념하는 소르본의 계단식 대강의실에서 여러 가지 회의가 열리던 중, 쿠베르탱은 1892년 11월 25일 금요일, '올림픽 경기의 부활'을 제안하면서 강연회들 중의 하나를 마쳤다. 이러한 생각을 언급한 사람이 그가 처음은 아니었음에도 오로지 그에게만 충분한 찬사를 보낼 수 있으리라. 그는 강한 톤으로 이렇게 역설했다.

"스포츠 국제주의가 세계에서 새로운 역할을 수행해야 할 순간이 다가왔다. 독일은 올림피아에 남아 있는 것을 되살려 놓았다. 그런데 왜 프랑스는 올림피아의 찬란함을 재건하는 데 성공하지 못하는 것일까?"

1894년 6월 16일, 국제 스포츠회의가 시작되었을 때 더 이상 애매한 표현은 존재하지 않았다. 공식적인 명칭은 올림픽의 부활을 위한 회의의 명칭이 되었기 때문이다. 이어서 그는 회상록 속에서 당시 자신이 이끌어야만 했던 기나긴 투쟁을 이렇게 서술한다.

"올림픽 경기의 개최! 내가 할 수 있는 모든 것은 바로 국제 위원회의 멤버들이 필요한 그룹을 결성하도록 그들을 들볶고,

나 스스로가 프랑스를 그들에게 모델로 제시하는 일이었다. 그래서 나는 1894년 가을부터 프랑스올림픽위원회를 창설했다. …… 프랑스올림픽위원회의 사무국장은 엄청난 열정과 재능으로 위원회에 헌신한 라울 파방 씨였다. 위원회는 소르본 대학에서 회의를 개최했다. …… 우리의 모든 노력에도 불구하고 극소수의 프랑스인들만이 움직이기 시작했을 뿐이다. 그 선수들에 관해 말하자면, 그들에게 최초의 여행을 하도록 유혹하기 위해서는 보조금이 필요했다. 보조금을 확보하는 데는 많은 어려움이 뒤따랐다. 결국 대단한 의욕과 끈기로써 보조금을 획득하는 데 성공한 사람이 파방 씨였다. 그는 프랑스팀을 아테네로 인솔해 가는 데 있어서 우두머리의 역할을 수행했다. 당시 옥스퍼드에 머물고 있던 마노 씨의 활동으로 영국인 동료들의 활동은 두 배로 증강되었으나 별다른 성과를 이끌어내지는 못했다. 나로서는 영국의 주요 단체들의 도움에 호소하는 절박한 편지들을 영국의 주요 일간지에 우송해야 했다. 신문에는 대개 동정적이면서도 약간의 빈정거림이 뒤섞인 기사들이 뒤따르기 마련이었다. 언론은 올림픽 경기를 신뢰하지 않았다. 반면에 언론은 정기적으로 열리는 전全 영국 경기를 추천했고, 즉시 그것을 개최하도록 권유했다. 솔직한 심정으로 나는 백여 명의 선수들과 수천 명 정도의 외국인 관객들이 아테네로 올 것으로 예상했었다. 내 판단으로는 그것은 국제 경기의 시작치고는 대단히 아름다운 성공이었지만, 아테네의 야심이 매일매일 자라나는 것을 목격하고, 그 야심이 현실과는 전혀 맞지 않는다고 생각하는 그리스인 친구들에게 나는 감히 아무런 말도 하지 못했다."

1896년, 고대 양식에서 영감을 얻은 스타디움에서 7만 명의 관객들을 앞에 두고 아테네에서 개최된 최초의 근대 올림픽은 이 놀라운 예감을 믿도록 해주었다.

근대 올림픽 정신

쿠베르탱의 업적은 근대적인 상황에 과거의 욕구를 결합시켰다는 데 있다. 1894년 1월 15일, 그가 프랑스와 외국의 단체들에 보낸 회람回覽은 이 원칙들을 다음과 같이 규정하고 있다.

"무엇보다 운동경기가 과거의 그것과 구별되는 고귀하고 기사도적인 성격을 보존하도록 하는 것이 중요하다. 이는 현대인들의 교육에 있어 그리스의 대가大家들이 운동경기에 할당했던 놀라운 역할을 계속해서 효과적으로 수행할 수 있도록 하기 위함이다. …… 근본에서부터 그리고 현대적인 삶의 필요성에 부합하는 상황에서 올림픽 경기의 부활은 매 4년마다 세계 각국의 대표들을 경쟁하도록 만들 것이다. 그리고 이 평화적이고 예의 바른 투쟁이 가장 훌륭한 국제주의를 형성한다는 사실을 믿어도 좋다."

수십 년이 흐른 후, 프랑스에서 그 수준 높은 시합이 비판을 받게 되자 작가이며 스포츠 기자인 앙투안 블롱댕은 어떤 정신이 올림픽을 고무시켰는지를 다음과 같이 회상한다.

"지구의 표면 위로 성화가 달린다. 그리스의 한 작은 촌락에 있는 여러 세기에 걸쳐 좀이 슨 제단에서 점화된 그 성화는 여러 개의 산을 넘고 계곡으로 모습을 감추었다가, 이내 춤추는 듯한 불빛으로 숲 기슭의 가장자리를 수놓는다. 성화는 국경을 지나고 또다시 다른 국경을 넘는다. 모든 것이 원활할 때에만 점화되는 이 성화는 올림픽 경기를 알려 주는 신호이자 야등夜燈이다. 성화가 지나는 길은 땅을 이어 주고 역사를 이어 주는 하이픈이다. 그러나 성화의 불안정성은 그것이 꺼지자마자 두드러진다. 경기가 끝나면 전쟁이 찾아오는 것이다……. 올림픽의 변덕이 지속되는 동안 줄곧 재능과 의지의 영광스런 문명이 제몫을 해내지만 곧이어 각자는 마음대로 자신의 개인적 품성과 윤리를 되찾는다. 짧은 순간의 영광을 획득하는 것은 항상 행복한 일이다. 스톱워치와 리본으로 된 10미터 줄자, 로마식 저울의 계량대로 스코어가 정확히 기록된다면 인간은 그후부터 거울을 들여다볼 수 있으리라. 왜냐하면 기록이란 인류 공동의 컬렉션에 기록되는 것이기 때문이다."

이 밖에도 근대 스포츠에 뤼미에르형제프랑스의 영화발명가, 제작자. 형은 오귀스트 뤼미에르, 동생은 루이 뤼미에르와 함께 1895년에 등장한 영화의 탄생을 결부시켜 보는 것도 매력적인 일이다. 당시 우리는 신체와의 관계에 대한 역전현상을 목격하게 된다. 움직임의 혁명은 사진에서 영화로의 이행을 허락한다. 인간의 눈이 지각하는 그대로 움직임을 포착하여 화면에 재현하는 것이 원래 영화의 특성이다. 따라서 우리는 근대 스포츠에서 신체-기록, 신체-공연을 발견하듯이 움직임 속에서의 인간의 신체를 발견한다. 아테네의 스타디움 건설은 대규모 스타디움들의 기원을 열었으며, 이는 스포츠의 장면을 관객들과 그리고 오늘날에는 TV 시청자들과 연결시켜 주는 것이다.

1896년의 아테네 연대기

올림픽이 개최되었을 당시, 그리고 1896년 경기의 관리에 있어서 주도자의 역할을 했을 뿐만 아니라 현재 우리가 간행하고 있는 올림픽이라는 사건의 기록 책임을 맡았던 라울 파방에 관해서는 별로 알려진 것이 없다. 『주르날 데 데바』*Journal des débats* 지의 편집장인 라울 파방은 국가올림픽위원회와 프랑스스포츠위원회의 사무처장이었으며, 『모두를 위한 스포츠』*Les sports pour tous*라는 제목의 저작을 출판한 바 있다.

　그의 글은 1896년 아테네 올림픽의 정치적 범위를 분명히 규정했다. 그리스는 1830년에 독립을 획득했고, 이 오래된 투쟁의 결과로 여전히 고통에 신음하고 있었다. 고대의 방식대로 그리스는 평화적이고 축제적인 공연으로 고통에 신음하는 국민들에게 희망을 안겨 주고자 했다. 여러 외국에서 보기에도 그리스는 새롭고도 자국의 재건에 필요한 애국주의를 과시하는 것처럼 비쳤다. 그리하여 라울 파방은 그것이 "그리스로서는 오늘날 자국이 처한 상황을 외국에 보여 줄 그러한 기회를 놓치지 않도록 하려는 관심"이라고 회상한다.

그러나 그리스에서의 올림픽 개최는 공식적인 성격을 띠지는 못했다. 그 목적이 올림픽의 국제적인 성격을 증명하기 위해 외국인들을 끌어들이려는 것이었음에도 불구하고, 올림픽에 대한 출자는 몇몇 낙관적인 문학예술 옹호자들의 열성과 즉흥성의 산물이라는 것이 확인되었을 뿐이다.

올림픽 경기가 펼쳐지는 곳의 신화적인 배경에 관심을 기울인 파방은 근대적인 스포츠 장면에 고대의 기념물들과 웅장한 분위기로 사진의 효과를 높여 주는 아테네의 신비한 빛을 이용했다. 과거로 이동한 그는 "고대의 관중들 사이에서 사람들이 우글거리는 느낌"을 경험한다. 그럼에도 불구하고 유머는 이 향수에 젖은 부분을 완화시켜 준다. 투원반 시합을 상세히 언급하면서 그는 이렇게 쓴다. "이 강건하고 우아한 선수들은 오랜 연구 끝에 고대의 투원반 선수가 보여 주는 움직임을 재구성했지만, 그럼에도 그들은 그날 아침 난생 처음으로 무거운 돌 원반을 던져 본 한 미국 선수에게 패하고 말았다. 아, 이 무슨 운명의 아이러니란 말인가!"

1896년 제1회 아테네 올림픽

내가 당연히 두려워하는 바는 복원된 제1회 올림픽의 의식에 참여하지 않았던 프랑스인들이 유례없는 이 찬란한 축제로부터 실제보다 더욱 약한 인상을 받지 않았을까 하는 점이다. 별안간 바빠진 언론은 사실상 그 올림픽에서 극도의 혼란 상태를 보여 주었다. 대규모 일간지들은 아테네에 임시특파원들 —— 자신들의 신문보다는 재미를 위해 여행하는 —— 을 파견했을 뿐이었다. 이들은 단어 하나에 57상팀이나 드는 전보를 사용하지 말라는 단호한 명령서를 소지하고 있었다.

이러한 상황에서 뒤늦게 도착했다는 이유로 거의 읽히지도 않은 몇몇 편지를 제외하고는, 대중들은 결국 각 지사支社의 전보에 의존할 수밖에 없는 실정이었다. 각 지사의 전보는 어느 이름 모를 장관이 농업진흥회를 창설했다거나 마다가스카르 섬으로부터 영광스럽고도 가련한 영웅들이 감동적으로 귀환했을 때와 똑같은 열광을 보여 주었지만, 이러한 열광에도 올림픽에 문외한이었던 사람들은 무관심했다.

부분적으로 동료들에게 양해를 구하건대, 그리스 밖에서는 국제적인 스포츠 시합이 그리스 애국주의 —— 위대한 독립투쟁으로 불붙은 시대부터 형성된——발현의 가장 중요한 전주곡이었음을 아무도 혹은 거의 아무도 예견하지 못했다는 사실을 서둘러 덧붙이는 바이다. 왜냐하면 바로 그런 애국주의가 올림픽이라는 성대한 제전의 주요 관심사였기 때문이다. 통치권자에서부터 하층 시민에 이르기까지 공동의 생각과 공동의 희망으로 하나가 된 그리스 전 국민의 효과적인 참여는 아티카^{아테네의} ^{다른 이름}의 그 '유명한 하늘'(명성에 걸맞게 보이고 있음에도)과도, 심지어 경이로운 아크로폴리스의 변함없는 광경——눈부신 과거의 회상 위에 위압적인 실루엣을 투사하는——과도 전혀 비교할 수 없는 위대한 매력을 그리스 국민들에게 일깨워 주었던 것이다.

그럼에도 그러한 상황에 대해 어떻게 놀라지 않을 수 있을까? 어느 누가 감히 그러한 그리스를 비난할 수 있을까? 아름다운 대수도大首都가 된 옛 터키의 촌락에서 단 한 번 너무나도 많은 외국인들이 운집해 있었다. 집요할 정도로 '헐뜯기에 혈안이 된' 이 외국인들은 따라서 그리스가 자신들 앞에서 가슴을 활짝 열어젖힌 채 흉금을 털어놓으며 생생한 맥박으로 생존할 수 있는 기회를 포착했다는 사실을 이해하지 못하리라. 그리고 사람들이 그리스에 관해 썼던 것이나 최근의 발전에 의해서 그리스를 판단하는 것이 아니라, 자국의 모든 의지와 모든 믿음을 융합시킬 수 있도록 해준 현재의 재정난에서 벗어난 단 하나의 완성된 업적에 의해 그리스를 판단할 수밖에 없도록 하는 기회를 포착했다는 사실을 이해하지 못하리라⋯⋯.

• • •

아테네의 거리 모습은 4월 5일, 부활절의 일요일 전날 피레아스 Piraeus나 펠로폰네소스Peloponnese의 기차에서 내리는 여행객들에게 이러한 감정을 느끼도록 해주었다. 거리 전체가 촘촘히 깃발로 장식되어 있었는데, 이는 프랑스의 혁명기념일인 7월 14일날 개선문의 잡다한 색채들을 무색케 할 정도였다. 저녁이 오자 조명이 도시 전체를 '대낮같이' 비춘다. 마치 콩코드 광장에서 콩스티튀시옹 광장으로 간선도로를 따라 한줄기 강물이 흘러가듯 가득 찬 군중이 스타드 가衢로 흘러들어 간다. 농촌 남성들의 하얀 스커트가 메가라고대 메가리스의 수도 부르수아층의 화려한 지역 의상과 가볍게 교차하는가 하면, 여기저기서 터키계 그리스인들의 붉은 모자가 보인다. 모든 통행인들에게는 억제되어 있긴 하지만 분명 환희의 표정이 드러난다.

그리고 동틀 무렵부터 밤이 이슥할 때까지 시내를 관통하여 군악대와 교향악단들의 행렬이 이어지고, 잔뜩 얼굴을 찌푸린 사람들의 입가에도 웃음꽃이 피어난다. 사람들은 그 수가 세 배로 불어나 있었다. 엘리스와 아카이아Achaea, 코린트Corinth 그리고 아르골리스Argolis 지역 촌락들의 주민들을 쉽게 이동시키기 위해서 펠로폰네소스의 기차운행 서비스를 두 배로 증강했다. 시클라드 제도에게 해에 있는 도시 주민들은 그리스의 소규모 증기선을 타고 몰려들었다. 플로리오 루바티노와 케디비에 같은 러시아 해운회사 소속의 대형 여객선들은 키오스의 그리스인들을, 스미르나와 코르푸, 알렉산드리아, 마르세유, 콘스탄티노플, 오데사, 런던, 파리에 있는 그리스 출신 도매상인들과 은행가들을 실어 날랐다. 타국에 주재하는 대다수 그리스계 후손들은 친척이나 친구들 집에 머물렀고, 그래서 거의 붐비지 않은 호텔들에 '이방인들'은 아주 저렴한 비용으로 접근할 수 있었다.

주요 도로들의 마카담식잘게 부순 돌을 타르에 섞어 바른 도로 포장도로를 살펴보면 그것이 새로 건설된 것임을 확인할 수 있다. 그것은 아테네 시가 올림픽에 보내는 선물이었다. 그러나 외국인의 눈에 더욱 값져 보이는 것은 그가 올림픽리셉션위원회의 멤버들에게서 받은 열렬한 환대였다. 외국인들은 그들에게 그저 단순한 관광객으로만 보였을까? 위원회는 그들에게 마음에 드는 호텔이나 특수한 거처를 소개하고, 그곳으로 안내해서 숙박비를 흥정해 주었다.

위원회가 여러 다양한 국가들의 공식적인 대표들, 그리고 선수들과 해결할 문제가 있지 않았을까? 그런 경우에도 저명한 인물들을 위해 특별히 신경을 쓸 만한 일은 없었다. 사람들은 음악을 연주하면서 그들을 맞으러 플랫폼으로 가면 그만이었다. 그

들의 짐을 맡아 보관하는 곳에 평소 끔찍할 정도로 절차가 까다
로운 세관은 아예 얼씬도 말라는 지시를 받았다. 그들을 차에 태
워 이 거리 저 거리로 안내하면서 마음에 드는 숙소를 선택하도
록 했고, 그들과 헤어지기 전에는 아스티나 미네르바에서 아주
맛있는 저녁식사를 대접하기도 했다.

프랑스인들이 비교적 환대를 받았다고 말하는 것은 무익한
일이다. 나는 여러 명의 동향인들, 말하자면 올림픽에 참가한 선
수들이나 단순히 기자로 참여한 사람들을 알고 있는데, 그들 사
이에서 시끄러운 소리만 들리지 않았다면, 그들은 체류 기간 동
안 줄곧 자유롭게 식객으로 지낼 수 있었다. 그리고 나는 여기서
국왕과 각료들, 아테네 시장市長, 올림픽위원회, 각종 스포츠 단
체들 등이 외국인 집단에 제공한 개회식의 식사와 펀치럼주에 레
몬즙·홍차·설탕·계피 따위를 섞은 음료, 다양한 오찬에 관해서는 미리 언
급하지 않을 것이다. 특히 감동적이었던 것은 우연히 알게 된 친
구들이나 반짝 친구들 혹은 심지어 전혀 모르는 사람들이 보여
준 환대였다.

동시대의 빈약한 경제적 상황의 희생자로서 오늘날의 헬라
스인들고대 그리스인의 선조뿐만 아니라 옛날의 헬라스인들, 즉 페
리클레스와 아스파시아 시대 —— 우리가 너무도 순박한 삶의 모
습과 너무도 막연하게 품격 높은 거동의 시대라고 즐겨 상상하
는 ——의 아테네인들로부터 환대를 받은 느낌을 경험했다고 말

할 수 있다면, 나는 그러한 환대에 도취된 즐거움을 경험해 보지 못한 사람들에게 이 인심 후한 주간週間에 아테네를 스쳐 가는 우정 어린, 그리고 폭넓은 삶의 숨결을 느끼도록 해줄 수 있을지도 모른다. 이제 어떤 결과가 사람과 사물에 대한 이러한 열광에 부응했는지 살펴보자.

주요한 노력의 두 중심인 국제위원회와 그리스위원회가 올림픽을 창설했다. 1894년 파리에서 소집된 스포츠회의의 유언遺言 집행자이자 올림픽의 재건에 찬성한 국제위원회는 다양한 수도首都에서 올림픽을 개최한다는 것을 목표로 삼았다. 각국의 수도에서 올림픽은 계속해서 4년마다 개최될 예정이었다.

국제위원회는 또 여론의 움직임을 조성하고 스포츠가 성행하는 모든 국가에서 선수들을 모집하면서 성대한 의식으로 올림픽의 성공에 일조하는 것을 목표로 삼았다. 국제위원회는 이 지역들에서 설립되어 그 위원회의 한 구성원의 지휘를 받는 여러 특별위원회의 도움을 받기에 이르렀다. 파리에 본부를 두고 있고, 올림픽 부활의 주동자인 피에르 드 쿠베르탱이 사무총장으로 있었던 국제위원회는 현재 다음과 같이 구성되어 있다.

D. 비켈라스(프랑스 그리스학 장려단의 단장이자 범그리스 스포츠단의 멤버, 그리스), 부토프스키 장군(상트페테르부르크 러시아 군사학부 무관, 러시아), 이리 구트 박사(클라토비 고등학교 교수, 보헤미아),

발크 소령(스톡홀름 체육연구센터의 수석교수, 스웨덴과 노르웨이), 레너드 A. 커프(크라이스트 처치에 있는 뉴질랜드 아마추어 육상연합 국장, 뉴질랜드), W.-M. 슬론(프린스턴 대학 교수, 미국), 수비아우르 (우루과이 국립콜레주 총장, 우루과이 컨셉션, 아르헨티나), C. 허버트 (영국 아마추어 육상연합 의장, 영국)과 앰프틸 경(대영제국), 프란츠 케메니(부다페스트 왕립학교 교장, 헝가리), 안드리아 카라파 공작 (이탈리아), 부지 공작(벨기에), 게브하르트 교수(독일), 깔로(프랑스 체육단체연합의 전前의장이자 회계원, 프랑스)과 피에르 드 쿠베르탱(프랑스 육상스포츠단체연합의 사무총장, 프랑스).

물론 국제위원회의 위원장직은 자동적으로 올림픽을 개최하기로 되어 있는 국가에서 차례대로 맡게 될 것이다. 따라서 그 위원회가 올림픽의 전통을 되실려 달라는 막중하면서도 매우 영광스러운 명예를 그리스에 다시 부여하게 되었을 때, 곧바로 그 직책을 맡게 된 사람은 비켈라스 씨였다. 위원장직에 그보다 더 적합한 사람은 아무도 없었다. 그는 일 년 중 일정 기간을 파리와 아테네에 체류하던 작가이자 뛰어난 연사演士였다. 그리스인이면서 심정적으로 거의 프랑스인으로서 그리스학회의 걸출한 의장이었던 비켈라스 씨는, 새로운 사상이 출현했던 국가와 그 사상을 쓰레기로 치부했던 국가 사이의 연결고리 역할을 해야 했다. 그는 자신의 역할을 게을리 하지 않았다.

당시 수상이던 고故 트리쿠피스로부터 거의 지원을 받지 못한 국왕 게오르기오스 1세는 위원회의 권고를 받아들이는 데 주저하고 있었다. 비켈라스 씨는 그리스가 얻게 될 이득을 거론하며 오늘날 그리스의 모습을 외국에 보일 수 있는 이와 같은 기회를 놓치지 말라고 국왕을 설득했다. 트리쿠피스 씨는 이렇게 불평을 늘어놓았다. "우리는 사람들이 우리에게서 기대하는 위대한 일을 실현할 상태에 있지 않습니다. 우리가 '화덕'을 만들지 않는다면 비교적 가벼운 실패를 경험하게 될 것입니다. 따라서 올림픽을 거부하는 편이 더 낫습니다."

의혹에 찬 국가수반이 위원회의 권고를 거부하자 비켈라스 씨는 디딤목을 황태자에게서 찾아냈다. 스포츠를 좋아하고 열렬한 애국심에 강인한 지성을 소유한 황태자는 그러한 시도를 완성하는 데 필요한 모든 자질을 갖추고 있었다. 그에게는 의욕이 있었던 것이다. 하지만 우리는 여기서 그리스 위원회의 업적을 먼저 다루어 보아야 한다.

그리스 위원회의 업적은 괄목할 만한 것이었다. 그것을 올바르게 판단하기 위해서는 대다수의 스포츠적인 문제들이 겉으로는 단순해 보이지만 실제로 얼마나 복잡하게 이루어져 있는가를 알아야 한다. 정확한 프로그램을 제작하고, 도보경주 트랙과 경륜장의 트랙을 건설하고, 관람석을 정비하는 것은 특수한 지식이 동원되고, 상당한 비용이 드는 일이었다. 특수한 재질들을 솜씨 좋게 배합하여 이루어진 바닥은 공에 대한 탄성과 함께 발의 움직임에도 저항할 수 있고, 갈라질 정도로 결코 메마르지 않고 습기를 빨아들일 수 있는, 이상적으로 평평한 표면을 제공해야 하는데, 가장 열성적인 사람들 중 극소수의 테니스 선수들도 코트 바닥에 대한 모델 강습회를 열 수 있다고 선언했다. 아테네에서는 그런 식으로 모든 일을 처리해야 했다. 그리고 과감하게 작업이 시작되었다.

황태자는 가장 저명한 그리스인들과 아테네에 살고 있는 외국인 요인들로 구성된 위원회를 임명했다. 위원회의 이사회에서는 내각의 의장인 N. 델리아니 씨와 델리게오르그 씨, 카라파노스 씨, 마브보미찰리스 씨, 메탁사 대령, 알 스코우세스 등등이 눈에 띄었으며, 이들은 프랑스에 익히 알려진 인물들이다. 가장 우수한 가문에 속한 4명의 젊은이들, 즉 콘스탄틴 마노와 게오르그 멜라스, G. 스트레이트, A. 메르카티가 간사직을 맡았다. 이들은 국왕의 장남이 위원회의 사무총장을 맡을 수 있도록 다행스럽게도 현명한 분별력으로 선택했던 인물을 적극적으로 지원해야 했다. 그 인물은 바로 불타는 애국심에 광적일 정도의 낙관주의, 설득력 있는 열정으로 모든 난관을 극복해 나간 아테네의 전前 시장 티몰레온 필레몬 씨였다. 위원회 자체도 9개의 분과로 나뉘었고, 각 분과는 나름대로 중요한 목적을 지니고 있었다. 분과는 다음과 같다. 수상 스포츠, 사격, 육상 스포츠, 육상경기, 펜싱, 사이클, 스타디움 정비, 그리스 선수 준비, 외국인 접대이다. "우리가 하게 될 일에 전혀 공적인 성격이 없다 하더라도, 모든 그리스인들이 자발적으로 솔선수범하는 결과로 나타날 때에만 이 일은 더욱 의미가 있을 것이다."

황태자의 입에서 나온 이 문장은 그리스 올림픽의 준비 상황이 지니고 있던 특징을 잘 보여 준다. 모든 일이 정부의 지원 없이 이루어졌다. 트리쿠피스 씨가 권좌에 머무르는 한 정부는 중립을 지켰고, 그가 실각하자마자 정부의 암묵적인 동의가 있었을 뿐이다. 통치권의 측근들이 올림픽의 성공에 노골적으로 힘을 기울였음에도 불구하고 국가는 올림픽에 단 1상팀도 기여하지 못했다. 감히 그리스가 극히 경박하게 자국의 돈을 낭비한다면 그리스의 채권자들은 뭐라 말할 것인가! 단지 의회는 올림픽 기간 동안 새로운 우표들을 통용하겠다는 결정을 내렸으며, 이 전략이 가져올 미래의 수익금으로 30만 드라크마그리스의 은화가 위원회에 선불되었다. 우표의 발행은 탁월한 발상이었다. 예상한 바와 같이 우표 수집가들을 행복하게 만들어 주는 새로운 모델에 심혈을 기울임으로써, 그리스 국고에 백만 드라크마를 안겨다 주었던 것이다……

그러나 하나의 스포츠 조직을 온전히 만들어 내기 위해서는 많은 자금이 필요했다. 그래서 공식적인 기부금의 예약 모집을 진행하자 즉각 기부금이 물 밀듯 들어왔다. 수도의 부유한 시민들과 덜 부유한 사람들까지도 해외의 그리스인들과 함께 경쟁하듯 기부금 대열에 참여했다. 단 며칠 만에 15만 드라크마가 모금되었다. 단 한 번의 움직임으로 60만 드라크마가 위원회의 금고로 들어가자 가장 비관적인 사람까지도 미소를 짓기에 이르렀다. 그것은 단 한 사람, 이집트에 자리 잡은 에피로스의 백만장자인 게오르그 아베로프의 선물이었다. 그는 헤롯 아티쿠스의 고대 스타디움이 그 폐허로부터 다시 세워지기를 고대했다. 그때부터 성공은 보장된 것이나 다름이 없었다. 세계의 저 끝에서부터 사람들은 장르상 독특한 그 기념물을 보려고 오지 않을까? 그리고 위원회는 더욱 확신을 갖고 복잡한 스포츠 규칙에 몰두했다. 한마디로 그 일에 전념했던 것이다. 그럴 수밖에 없지 않았을까? 하나의 수치가 올림픽 개최의 한 부분에서 행해진 노고에 대한 생각의 일단을 보여 주리라. 나는 위원회가 제작한 다양한 간행물, 즉 상세한 설명이 곁들인 브로슈어와 다국어로 쓰인 프로그램 등등을 모아두었다. 간행물의 수효는 48개에 이르렀으며, 그 간행물들 중 여러 개는 단 한 페이지가 아닌 무려 50페이지를 담고 있다!

덕분에 무수한 서류더미들도 황태자와 그의 형제들 주변으로 모인 열정을 다 퍼내기에는 역부족이었다. 한편으로 언론은 신음하고 있었다. 스타디움의 관객석은 펜텔리커스 산 아테네 인근에 있는 산의 측면으로부터 돌출되어 언덕 위로 계단식으로 세워졌다. 사이클 선수들의 타이어 아래로 파리의 사이클 경기장 트랙 못지않은 최신식 트랙을 깔기 위해 시멘트가 팔레르 평원에서 타설·확장되었다. 적어도 30만 드라크마 이상의 비용이 들었을 성싶은 웅장한 관람석과 같은 방향으로 난 작은 언덕들이 아테네와 팔레르로 가는 길 사이의 칼리테아 벌판에 건설되고 있었다. 마지막으로 옥스퍼드에서 초빙된 한 전문가가 스타디움에서 경주를 위한 쾌적한 설비의 마지막 하나로서 재가 깔린 투기장과 각각의 시합에 적합한 장소들을 정비하고, 사이클 경기장의 한가운데에 설치된 잔디밭에서 론테니스Lawn-Tennis*를 할 수 있는 우수한 토양을 정비했다. 이렇게 함으로써 외국의 선수들이 올 수 있었던 것이다.

. . .

외국 선수들은 근대 올림픽의 첫번째 개막에 국제적인 성격 — 올림픽이 그 주요한 의미를 추출해야 하는 — 을 충분히 부여할 수 있을 정도로 많이 참가했다. 최고의 챔피언을 가질 수 없다는, 그리하여 기술적인 관점에서 트리쿠피스 씨가 언급한 상

---

* 테니스코트의 종류는 크게 세 가지로 나뉜다. ① 잔디코트: 단단하게 다져진 토양 위에 잔디를 심어 만든 코트. 본문의 론테니스는 잔디코트에서 벌어지는 종목이다. 윔블던대회가 대표적이다. ② 클레이코트: 암석이나 벽돌 등으로 표면을 덮은 코트. 프랑스오픈대회가 대표적이다. ③ 하드코트: 아크릴이나 아스팔트 등의 재질로 만든 코트.

대적인 실패를 맛볼 수 있다는 두려움 자체는 정당하지 않았다. 실제로 영국도 프랑스도 최고의 선수들을 파견하지는 않았던 것이다. 최고의 선수들은 국제적인 대규모 시합에 냉담했다. 이들은 자신들이 체육교육으로부터 입은 혜택이 무엇인지를 알고 있었고, 현 세기에 있어서 체육교육과 식민지의 발달에 어떤 인과관계가 있는지를 알고 있었다. 스포츠는 다른 국가에 이득이 되도록 하는 것이 이로울 것이 없다라고 생각하는 영국이라는 토양의 산물이다. 아마도 그 최고의 선수들도 그러한 생각과 동떨어진 생각을 하지는 않은 듯하다. 이것은 왜 진짜 『타임』*Time* 지의 특별판으로서 매일 네 페이지나 여덟 페이지에 달하는 거창한 매수를 취급하는 스포츠 신문들이 올림픽의 프로그램조차도 발표하지 않는 편이 좋다는 판단을 했는지 그 이유를 설명해 준다.

프랑스에서 우리의 가장 우수한 대표선수들도 다른 이유를 들어 대회를 포기했다. 우선, 마지막 순간까지 프랑스위원회는 경비가 많이 드는 여행에 스스로 나설 수 없는 상황의 젊은이들 모두에게 재정적으로 도움을 줄 수 있을지 아닌지조차도 몰랐다. 정부에서 버림받은 프랑스위원회는 파리 시청으로 방향을 선회했다. 파리 시청은 더욱 관대한 자세를 취했지만, 신용대출은 마르세유로 배를 타러 출발해야 했던 바로 그 전날에 가서야 가결되었다.

이 극단적인 어려움 속에서 혼잡한 대형여객선의 자리를 확보하기 위해 위원회의 자금으로 운임을 지불한 후에도 프랑스 위원회의 사무총장은 몇 가지 망설임을 떨쳐 내지 못했다. 그럼에도 그는, 일류는 아니지만 프랑스 국기를 자랑스럽게 아테네로 가져가기에 상당히 안성맞춤인 펜싱 선수와 사이클 선수들을 확보할 수 있었다. "부디 우리의 동향인들이 그들의 편이 되어 주길. 체조와 론테니스에서 우리가 최선을 다할 수 있었더라면." 아무튼 우리는 처음부터 끝까지 미국 선수들에게 압도당했다. 이것이 더 좋은 정보를 입수한 영국 선수들을 꼼짝 못하게 만든 미국 팀의 팀워크였을까? 어쩌면 그렇다고 생각할 수밖에 없으리라. 존 불은 다른 많은 곳에서처럼 스포츠 무대에 서 있는 자신의 제자이자 사촌인 조녀선에 대해 걱정하기 시작한다. 사실인즉, 프린스턴 대학과 보스톤 육상연합의 대표단은 영국의 일류 선수들을 골치 아프게 만들었을 것이다. 여러 선수들에 의해 수립된 기록과 마라톤 시합에서 수립된 그리스의 로우에스 선수의 기록은 올림픽의 가장 눈부신 기록들이었다. 그 기록들만으로도 아름다운 스포츠 부조浮彫로 올림픽을 장식하기에 충분했다. 대다수 시합은 스타디움을 무대로 사용했다. 이보다 더 으리으리한 스타디움은 결코 볼 수 없을 것이기에 그 이상의 스타디움을 바랄 수는 없으리라.

이것은 개막식 날 우리가 이 거대한 원형경기장에 들어갔을 때 느꼈던 상당히 특별한 종류의 찬탄이었다. 우리들 앞에서 오른쪽으로, 왼쪽으로, 질서정연하게 앉아 있는 대중들의 까만 열列 아래로 언덕의 경사면이 사라지고 있었다. 6만 명의 사람이 한 장소에 앉아 있는 광경을 본 적이 있는가? 당신이 스타디움에 있지 않다면 결코 그런 광경을 볼 수 없으리라. 멀리 상층부 계단석의 튀어나온 곳에 자리 잡은 각국의 정상들은 마치 아래에서 보면 구멍이 숭숭 뚫린 혼잡한 개미집에 개미들이 우글거리듯 무수한 사람들에게 에워싸여 있다. 이러한 광경을 앞에 두고 우리는 야외 광장에서 펼쳐지는 활기 넘친 이 끔찍한 군중들 속에서 한 무리의 고대 군중들을 발견했고, 그들 사이에서 우글거리는 듯 혼란스러운, 그리고 분명 새로운 느낌을 경험했다. 그리고 이러한 환영幻影은 이제 막 얼굴을 돌려 비스듬히 파르테논 신전의 남측 회랑回廊과 남측 정면을 펼쳐 놓는 아크로폴리스의 붉은 바위를 보았을 때에도 사라지지 않았다.

부활절의 월요일인 4월 6일 개막된 올림픽은 4월 13일 월요일까지 계속되었다. 일주일 내내 너무 바쁜 나날이었고, 아크로폴리스로 올라오려는 호기심 많은 경쟁자들은 ─ 그럼에도 선수가 되려면 대학들에서 제공하는 우유를 빨아 마셔야 했다 ─ 동이 트자마자 일어날 수밖에 없었다.

아침에는 펜싱과 사격 그리고 수영 같은 아주 적은 관중을 불러 모으는 시합들이 열렸다. 조정漕艇경주와 요트경주는 계속 폐

지상태로 있었다. 요트경주는 출전 선수가 단 한 사람뿐이었고, 소위 '요트 조종자들'은 아주 부유한 사람들이어서 굳이 메달이나 자격증을 위해 기꺼이 움직이려는 마음이 없었던 까닭이다. 조정경주의 경우는 팔레르 해를 요동치게 하는 바람 때문에, 그리고 외국의 경쟁선수들이 오지 않았던 때문이었다. 오후에는 사람들이 스타디움이나 사이클 경기장으로 몰려들었다. 저녁이 되면 조명으로 장식된, 악단의 야간 횃불 행렬이 사방으로 펼쳐지는 길거리를 산책했고, 피레아스를 찾아가면 그곳에서는 베네치아식 축제 ── 조명을 한껏 사용하여 이루어진 이 그림 같은 환경으로 ── 가 거대한 성공을 거두고 있었다.

그리고 벵골 불꽃의 도움으로 아크로폴리스의 기념물들에 장식된 조명을 목격했고, 터키인들이 치사하게 화약고의 환경으로 만들어 놓은 파르테논 신전에서, 베네치아의 폭탄 한 발이 폭발하면서 이 신성한 신전을 일개 보루堡壘처럼 하늘로 치솟게 한 그 불길한 밤으로 옮겨 온 듯한 착각에 빠질 수도 있었다. 아니면 극장을 방문하여 소포클레스의 방언으로 된 『안티고네』 *Antigone* ── 아마추어들이 연기하는 ── 와 비켈라스 씨가 현대 그리스어로 번역한 셰익스피어의 몇몇 작품에 귀를 기울일 수도 있었다.

펜싱의 결승전은 태양이 물결치는 야외에서 국왕 게오르기오스 1세와 그의 자녀들이 열렬히 응원하는 가운데 자페이온

Zappeion의 대형 원형건물에서 개최되었다. 한편 우리의 프랑스 선수들 중 두 선수, 즉 그라벨로트와 카요는 그 시합에서 1등상과 2등상을 획득하면서 상당한 성공을 거두었다.

이 대리석 홀에서 반사되는 빛으로 눈이 부신 관객들은 이오니아식 열주列柱 아래로 몸을 피했고, 그곳에서 나누어지는 그들의 이야기는 적어도 상상력 속에서 페리파토스학파고대의 아리스토텔레스학파의 모습을 띠고 있었다.

스탠드가 설치된 칼리테아는 아테네와 바다 사이에 있는 평원이다. 위니베르지테 가에서 출발하는 전차가 일종의 넓은 안뜰에 정차했는데, 사람들은 바로 그곳에서 길다란 회랑으로 내려갔다. 사격선수들은 25미터와 100미터, 200미터, 300미터의 표적을 앞에 두고 각자의 부스booth에 도열해 있었고, 각 선수 옆에는 선수의 시합 기록수첩을 책임지는 병사가 한 명씩 있었다. 수많은 장교들이 엄청난 고생을 하면서 이 시합을 감독하고 있었다. 왕비가 첫번째 총알을 발사했다. 그리고 미국 선수들과 그리스 군인들이 상을 나누어 가졌다.

전 내무부장관이자 그리스군의 가장 뛰어나면서도 두려운 우두머리들 중의 한 사람, 그리고 노老 원수 몰트케의 몇몇 초상화와 놀랍도록 닮은 매끈하면서도 준엄한 얼굴의 소유자 메탁사 대령은 나에게 이렇게 말했다. "이 스탠드는 우리로서는 엄청난 비용이 들어간 것입니다. 그래서 사람들은 스탠드의 건축에 자금을 댄 사람들을 격렬하게 비난했지요. 하지만 우리는 우리가 한 일이 무엇인지를 알고 있었습니다. 이 스탠드는 앞으로도 존속할 것이며, 대단히 유용하게 쓰일 것입니다."

그 엄격한 군인은 올림픽으로 유발된 기타의 시설물들에 대해서도 이와 유사한 찬사를 보낼 수 있었으리라. 스타디움은 그것이 탄생한 최초의 본고장에서 육상경기의 부흥을 초래할 것이며, 이미 부흥을 초래하고 있다. 개구쟁이들이 달리기나 점프를 하는 모습은 아테네의 길거리에서만 볼 수 있는 풍경이다.

학교의 젊은이들과 직공들은 일과가 끝나면 훈련을 할 것이다. 신중한 방식으로 신체훈련을 실행하는 사람들에게 신체훈련이 가져다주는 신중함과 도덕적 균형의 자질은 그리스 종족을 훼손하기 위함도 아니요, 더구나 우리의 종족을 훼손하기 위함도 아니다. 사이클 트랙이 있다는 것만으로도 우리는 그 트랙이 가져다주는 다행스런 효과를 기대할 수 있다.

사이클경기가 발전함으로써 필연적으로 도로가 개선될 것이고, 도로의 개선은 상거래에 있어서나 혹은 최소한 그리스의 이 놀라운 전원을 관통하는 관광객들에게 있어서 더욱 중요한 변화가 될 것이다. 그리스는 약간의 노하우만을 사용하더라도 쉽사리 동부 유럽의 스위스가 될 수도 있고, 아름다운 자연과 기념품을 활용함으로써 흥청망청 살아갈 수도 있으리라. 그리스가 다른 야심을 가지고 있지 않다면 말이다.

사이클 트랙은 신新 팔레르에 건설되었는데, 그곳은 아테네식 트루빌로 빠르게 모습이 뒤바뀌는 아름다운 해변과 아주 가까운 곳이다. 그곳에서는 벌써 산책용 선창과 커다란 호텔 하나, 그리고 여러 식당들이 보인다. 팔레르 만을 피레아스에 종속된 제아의 작은 항구와 분리하는 갑岬 위로 별장들이 차곡차곡 들어선다. 신선한 한줄기 바람이 아테네의 여름 열기를 식혀 준다.

그러나 이 바람이 격렬하게 휘몰아치면 모래가 날아 들어오는 사이클 트랙의 관람석은 더 이상 지탱되지 못한다. 그것은 12시에 경주가 벌어지던 날 발생한 재난이었다. 먼지투성이에 휩싸인 군중과 왕족들조차도 트랙의 한가운데서 반쯤 몸이 파묻힌 가엾은 진행위원들을 남겨 놓은 채 그곳에서 달아나기에 바빴고, 아무튼 선수들도 군중의 행동을 따라 할 수밖에 없었다.

정 오가 되자 남은 선수는 오스트리아 선수와 그리스 선수 두 명에 불과했다. 오스트리아 선수가 경쟁자를 앞서면서 이들은 용감하게 경주를 끝마쳤다. 앞선 시합들에서는 아주 다행스럽게도 동료 아이올로스그리스 신화에 등장하는 바람의 신의 환영인사가 제대로 베풀어지지 않았다. 두 명의 프랑스인 플라망과 마송은 둘 다 아이올로스에 대한 존경심을 표했으며, 바람으로 인해 스타디움에서의 실망을 맛본 이후, 우리의 보잘것없는 그룹이 도저히 감출 수 없었던 감동적인 만족감을 느끼면서, 마침내 우리는 조국을 떠난 프랑스인의 눈과 마음에 너무나도 푸근하게 다가오는 삼색기가 승리의 돛대에서 펄럭이는 것을 보았다.

사이클 경주가 끝난 후에는 론테니스 시합이 다투어 열렸는데, 해가 질 무렵까지 시합 시간이 연장되고 있었다. 규칙을 몰라서 이 종목에 그다지 흥미를 느끼지도 못하고 쌀쌀한 대기 —— 내가 여러분에게 이 열흘간의 올림픽 기간 동안 날씨가 쌀쌀하게 느껴졌다라고 말한 바 있지 않던가? —— 로 인해 그리스 관중들은 천천히 사이클 트랙을 떠나 피레아스와 아테네의 기차로 되돌아 왔다. 그러나 거기에 남아 있던 열성팬들은 여전히 시합을 즐기고 있었고, 그로 인해 그들은 자신들이 입고 있는 가벼운 옷 속으로 스며드는 날카로운 북풍을 잊을 수 있었다.

바다의 반대쪽으로부터 파르네스 산은 구름 속에서 눈으로 뒤덮인 봉우리를 세우고 있었고, 아테네의 노인들은 먹구름이 산허리 중간까지는 내려오지 않았다고 생각하면서 선조들처럼 이렇게 말했다. "내일은 날씨가 좋을 거야."

파르네스 산 정면으로 석양빛에 놀란 펜텔리크 산과 이메트 산이 한없이 창백한 푸른색의 하늘 위로 자수정 빛깔을 띤 봉우리의 윤곽을 뚜렷이 드러내고 있었다. 산에는 균형 잡힌 커브가 여럿 있는데, 너무나 균형이 잘 잡혀 있어서 아테네의 입구에 이르는 마지막 지맥地脈을 기어오를 때는 올라간다는 느낌을 받는 것이 아니라 마치 엷은 보라색 천에 휘감겨 있는 듯한 느낌을 받았다. 그 천 위로 너무도 순수한 형태를 떠나는 것이 아쉬운 듯

밝은 빛이 사랑스럽게 노닐고 있었다. 아무튼 우리는 그곳으로 올라가야 했다. 산봉우리들이 갑자기 어두워지고, 끊임없이 내려오는 어둠이 한편으로 가장 가까운 동쪽 지역을 비스듬히 공략하고 있었다. 양 측면에서 잠식당한 빛은 점점 더 빠르게 후퇴하고 있었다. 갑자기 펜텔리크에서 가장 낮은 계단석으로부터 빛이 평원으로 솟구쳐 우리 위를 질주하다가 서쪽으로 날아가 사라졌다. 그리고 마치 모두가 똑같이 먹물로 채색된 듯 어두워진 산들은 그럼에도 내부의 어떤 불꽃에서 발원하는 여전히 음울한 빛으로 빛나는 듯했고, 그리하여 막 꺼지려고 하는 거대한 야등처럼 보였다.

아테네 항의 보석이자 다양한 색채의 주택들에 둘러싸인 푸른 수영장과 같은 제아에서는 수영경기가 열렸다. 헝가리는 다른 부문에서 더욱 불행한 결과를 얻었지만 그만큼 수영경기에서는 이중의 성공을 거두었다. 케메니 교수의 인솔로 약 12명이 참가한 헝가리 선수단은 그리스를 상징하는 흰색과 파란색 리본으로 부드럽게 장식된 밀짚모자를 쓰고 있어서 길거리에서 쉽게 눈에 띄었다.

· · ·

다시 스타디움으로 되돌아가 보자. 4일 동안 오후 내내 육상선수들과 체조선수들이 달리고, 뛰어 오르고, 기구를 조작하는 경기들이 펼쳐졌다. 거대한 배를 가득 채우고 있었던 스포츠에 관한 것들에 무지한 군중들조차도 단 한순간도 싫증을 내지 않은 듯 보였고, 그만큼 모든 사람들은 국가적인 자부심에 극도로 흥분되어 있었다.

그럼에도 불구하고 목요일에는 약간 흥미가 반감되기도 했다. 그것은 체조경기가 열리던 날이었다. 인간과 인간이 서로 숨을 헐떡이며 맞붙는 시합을 잘 나타내 주는 친숙한 표현으로, 선수들이 옆으로 나란히 '경쟁하는' 도보경주가 끝난 이후, 그리고 다양한 도약 경기와 인간과 인간이 더 이상 직접적으로 맞붙지는 않으나 물질적인 장애물에 맞서는 투원반경기가 끝난 이후, 사람들의 흥미가 반감되었던 것이다.

경주에서처럼 선수 각자가 획득한 점수로 승부를 예측할 수 있는 공간에서 자신의 근육과 개인적인 투쟁을 벌이는 것에 불과한 체조 종목은 똑같은 반복 때문에 조금은 지루한 운동으로 느껴졌다. 체조 종목에서 커다란 몫을 차지하던 독일 선수들의 기계적인 정확한 동작은 이러한 느낌을 지우지 못했으며, 두 가지 신체교육 시스템 사이의 최초의 엄격한 비교에서 정확히 표현하자면 체조는 영광의 출구는 아니었다.

정확히 두 시 반에 국왕이 왕실의 가족을 거느리고서 입장했다. 조직위원회 위원장인 황태자는 부친을 영접하여 맨 위의 귀빈석으로 안내했다. 수행원들 가운데는 게오르그 미하일로비치

대공大公이 눈에 띄었다. 그는 마리아 공주의 약혼자로서 러시아인들이 착용하는 기다란 회색빛 망토를 걸친 거인이었다. 프록코트를 착용한 세르비아의 국왕이 오스트리아의 대공녀大公女 마리아 테레지아와 함께 그곳에 여러 번 얼굴을 내밀었다. 그녀는 프란츠 조세프 황제의 추정 상속인의 장모였다. 약 40일간 피레아스 항에 억류되어 있던 이집트 부왕副王의 동생은 겨우 시상식에만 참석할 수 있었다.

군주들과 초청객들 곁에는 각료회의 의장인 델랴니와 각료들, 장성들 그리고 신하들이 자리를 차지하고 있었다. 주요 인사들이 참석하자 예상대로 스타디움에서 스포츠 축제를 알리는 섬광이 유난히 번뜩였다. 그들이 지나가자 군중들은 일어서서 모자를 벗고 진심으로 경의를 표했으며, 그러는 동안 국가國歌의 장엄한 메아리가 울려 퍼졌다. 올림픽 개막식은 소박하면서도 감동적이었다. 모든 그리스 위원들에 둘러싸인 황태자는 국왕에게 간단한 담화를 전했는데, 그 담화는 완수된 업무의 어려움과 사람들이 거기에서 기대했던 유익한 결과를 상기시켜 주는 내용이었다. 이어 박수소리가 막 진정이 되자 게오르기오스 1세는 자리에서 일어나 강한 톤으로 다음과 같은 내용을 발표했다. "제1회 아테네 국제올림픽 개회를 선언합니다. 그리스 만세! 그리스 국민 만세!"

군주의 선언에 우레와 같은 환호소리가 응답했고, 원형경기장에 모인 4백 명의 연주자들이 눈부신 재능을 지닌 그리스인 음악인 사마라 씨의 지휘 아래 그가 올림픽을 위해 작곡한 칸타타Cantata를 연주하기 시작했다. 연주가 끝나고 앙코르가 청해지자 경찰들로 구성된 트럼펫 연주자들이 즐겁게 연주했다. 그리고 옛날에는 승부에서 패한 선수들이 퇴장하던 곳이었고, 오늘날에는 경주 선수들의 아주 안락한 탈의실로 이용되는 고대의 지하통로부터 모직 셔츠와 짧은 바지를 착용한 육상선수들이 튀어나왔다.

그날은 도보경주와 투원반경기가 열렸다. 대단히 짧은 트랙의 커브를 돌기 위해서 경주 선수들은 서로를 조금씩 밀쳐 내느라 시간을 허비했다. 이러한 트랙 구조는 십중팔구 스톱워치가 없던 고대 그리스인들이 기록에 관해서는 우리와 같은 중요성을 부여하지 않았다는 것을 말해 준다. 투원반의 경우, 원반을 던지는 매력적인 모습을 보면 분명 그리스의 우수 선수들에게 승리가 돌아가야 했다. 이 강건하고 우아한 선수들은 오랜 연구 끝에 고대의 투원반 선수가 보여 주는 움직임을 재구성했지만, 그럼에도 그들은 그날 아침 난생 처음으로 무거운 돌 원반을 던져 본 한 미국인 선수에게 패하고 말았다. 아, 이 무슨 운명의 아이러니란 말인가! 고대인들이 우수했다는 사실을 여전히 믿어야 하지 않겠는가!

그때부터 스타디움은 이상한 아우성으로 흥겨워지기 시작했다. 그 소리는 자국인들의 승리에 열광하는 양키들의 함성이었다. 그것은 철자를 말하고 자신들의 협회 이름을 다양한 음절로 반복적으로 연호하면서 질러 대는, 연이어 계속되는 이상야릇한 소리였다. 미국인들이 왕가의 가장 커다란 즐거움을 위하여 되풀이한 이 야만스런 함성과 비교해서 국왕이 각국 선수들과 대표단들에게 베푼 오찬에서는 헝가리인들의 '엘젠'Éljen과 독일인들의 '오슈'Hoch 같은 소리들이 들려왔는데, 이는 오찬에 대한 아주 빈약한 만족감의 표현인 듯했다.

그러나 올림픽이 개최되는 모든 날들 중에서 가장 중요한 날은 마라톤이 열리는 날이었다. 그리스인들은 모든 희망을 이 상징적인 시합에 집중했다. 마라톤은 육상 스포츠의 열렬한 팬이자 프랑스의 유명한 문헌학자인 미셸 브레알 씨의 발상으로 만들어진 종목이었다.

『프로이아』Proia 지는 마라톤에서의 승리 이후 이렇게 쓰고 있다. "마라톤 코스는 말하자면 그리스 혈통의 순수함으로 간주되고 있었다. 마라톤은 여러 세기의 흐름도 그리스의 정신을 바꿀 수 없었으며, 하늘과 마찬가지로 이 영광스런 나라에는 영구불변의 아름다움이 남아 있다는 것을 보여 줄 수 있는 경기였다. 그리스인의 기질은 변화를 겪지 않았다."

모든 사람들이 아티카의 들판을 가로질러 가는 40여 킬로미터의 이 기다란 코스에 관심을 보였다. 거기에서 외국인 선수들은 그리스의 울퉁불퉁한 땅과 태양, 그리고 먼지와 싸워야 했다.

마라톤 우승자에게 돌아가는 약속의 리스트를 열거하기 위해서는 많은 페이지가 필요하리라. 아테네의 음식점 주인과 이발사, 제화공 그리고 재단사는 우승자에게 그가 죽을 때까지 무료로 음식을 제공하고, 면도를 해주고, 신발과 옷을 제공하겠다고 약속했다. 철도회사들은 그에게 무료승차의 특전을 부여했고, 터키의 은행가 신그로스 씨는 그에게 현금 2만 5천 드라크마를, 또 다른 재력가는 1만 드라크마를 기증했다. 미국의 어느 백만장자 여성이 그에게 혼담과 지참금을 제의했다는 풍문이 나돌기도 했다. 이에 관해 매우 아름답지만 가난한 어느 그리스 여인은 이렇게 응수했다고 한다. "나는 줄 게 몸밖에 없어요. 내 몸은 우승자의 것이 될 거예요." 교회에서는 나이 든 여성들이 성화聖畵를 앞에 두고 우승자가 자기들 종족의 남자이기를 기원하면서 초에 불을 붙이고 있었다.

아테네 부근에 있는 아마루씨 촌락의 젊은 농부 스피리디오네 로우에스가 스타디움의 입구를 막아서는 돌같이 차가운 두 명의 선수들을 제치고 흙빛 같은 얼굴로 땀을 흘리며 스타디움에 맨 먼저 들어섰을 때, 열광적 분위기는 절정에 달했다. 관객석에 모여든 군중들이 계단을 뒤덮었고, 넓은 원형 복도를 가득 메우고, 그것도 모자라 언덕의 꼭대기까지 군중들이 들어차서 더 이상 땅이 보이지 않을 정도였다. 이 무수한 군중들은 몇 분간 기쁨으로 흥분에 들떠 있었다. 손수건들이 바람에 맞부딪혔다. 미친 듯이 날뛰는 비둘기들이 꺽쇠에 부착된 소형 국기들로 무거워진 반원형 관람석을 가로질러 날아다니고 있었다. 국왕은 자신의 모자를 끊임없이 흔들어 댔다. 늙은 장성將星들은 행복의 눈물을 흘리면서 로우에스의 가슴으로 달려들었고, 국왕의 큰 아들과 작은 아들이 로우에스의 양팔을 붙들고 있었다. 전직 군인이었던 이 24살의 청년은 아침에 자리를 잡기 전에 출발점에서 성체聖體를 배령拜領했다. 말하자면 그는 앞선 3일 동안 단식을 행했던 것이다.

애국심으로 열광하는 이러한 광경은 정말로 너무나 숭고한 것이어서 외국인들은 중간에 녹초가 된 자국의 대표선수들을 잊어버리고, 그리스 국민들의 감동에 자신들의 감동을 뒤섞어 버릴 정도였다.

나는 복원된 올림픽이 현대 그리스의 삶에서 하나의 중요한 사건이라고는 기록하지 않을 것이다. 그러나 그리스의 국민적 감정의 폭발——그리스인들이 초래한——을 목격한 모든 사람들이 자신들의 조국에 그리스인들과 그들의 미래에 관한 호의적인 여론을 가져다주었다는 것을 확신하는 바이다.

우리는 그리스 국민에 대해 엄격한 자세를 취해 왔다. 우리는 그리스 국민을 너그럽게 대하기보다는 옛부터 우리가 남아메리카의 여러 공화국을 판단하듯이 그 국민을 우리의 잣대로 판단하지 않았던가! 우리는 그리스 국민을 그들의 조상들과 끊임없이 비교하려 든다. 그리스 국민이 고대 그리스인들을 내세우기에 우리는 그리스 정치가들이 모두가 페리클레스기원전 4세기 고대 아테네 민주정치의 기초를 마련한 인물로 뛰어난 웅변술을 지녔으며, 파르테논 신전을 건축하는 등 아테네의 황금시대를 이끌었던 인물가 아니고, 예술가들이 모두가 피디아스고대 그리스의 위대한 조각가나 익티노스고대 그리스의 건축가. 파르테논 신전을 건축가 아니며, 엔지니어가 모두 아르키메데스가 아니라는 사실에 놀라움을 금치 못한다.

고대라는 미로의 길을 인도하는 줄을 되찾고서 우리는 중세의 암흑으로부터 벗어나는 데 2백 년을 소비했지만, 정작 60년 전에 그리스가 터키의 어둠 속에 잠겨 있었다는 사실은 잊고 있다. 그리스를 공정하게 바라보자. 몇몇 광채로 그리스를 신뢰하자. 우리가 방금 확인한 사실은 그리스에는 상당히 팽팽하게 조여진 스프링이 있다는 것이다. 이 스프링이 풀리면 세계는 언젠가 커다란 놀라움을 경험하게 될 것이다.

옮긴이 해제

고대 올림픽과 근대 올림픽의 유래와 역사, 그 전개 과정은 이미 본 텍스트의 소개 부분에서 언급한 바 있으므로 여기서는 앞에서 상세하게 언급되지 않은 제1회 아테네 근대 올림픽 이후부터 현대 올림픽에 이르기까지의 올림픽의 과정과 상황을 심층적으로 살펴보고자 한다.

근대 올림픽의 부활 배경

393년에 막을 내린 고대 올림픽을 부활시키려는 운동은 피에르 쿠베르탱 이전에도 이미 유럽의 각지에서 시도되고 있었다. 이는 중세 말기부터 일어난 고대 이집트와 로마 및 그리스의 문명에 대한 관심의 증대와 향수와 같은 것이 유럽 사회를 휩쓸게 되면서 비롯된 것이다. 르네상스에서 이룩된 인문주의운동의 전개는 고대 그리스를 재현하려는 운동으로 나타났고, 이런 사상적 배경은 급기야 올림피아 유적지의 발굴로 이어졌다.

근대 그리스는 1829년 터키의 지배로부터 벗어나 독립국이 되었다. 같은 해 프랑스는 고고학 조사반을 그리스에 파견하여 유적의 일부를 발견하였으며, 그리스는 나름대로 선조의 올림피아제를 되살려서 1859년에 대회를 부활시키기도 하였다.

또한 근대 올림픽의 태동기에는 민족주의 움직임과 더불어 산업화와 국제화도 곳곳에서 나타났다. 산업사회가 발전함에 따라서 1851년 런던에서는 처음으로 만국박람회가 열렸는데, 이 박람회는 근대 올림픽 초기에 올림픽과 밀접한 관계를 갖게 된다. 근대 올림픽운동이 본격적으로 싹튼 것은 그후 독일의 에른스트 쿠어티우스Ernst Curtius가 1881년 올림피아 유적지를 발굴하면서부터였다. 그는 "고대 올림피아 제전이야말로 그리스 문화의 근원이었다"는 새로운 견해를 발표하였으며, 올림픽의 위인 쿠베르탱을 탄생시켰다. 이 시기를 전후해서 유럽의 여러 곳에서는 이미 올림픽이라는 이름의 경기가 행해지고 있었다.

쿠베르탱은 군인이 되고자 육군사관학교에 입학하였으나 중퇴하고 교육학을 전공하면서 나약해진 프랑스 청년의 심신을 강화시켜야 할 필요성을 느꼈다. 영국에 유학하여 "워털루 전쟁에서 영국군이 승리한 것은 이튼스쿨Eaton School 교정에서 꽃핀 스포츠 때문"이라는 사실을 알고 스포츠가 청소년의 교육으로 적합하다는 결론에 이른다. 또한 쿠베르탱은 보불전쟁프랑스-프로이센 전쟁에서 패한 이유를 프랑스 청년들의 체계적인 스포츠 교육의 부재에서 찾아내었다. 그리하여 그는 스포츠야말로 프랑스뿐만 아니라 온 세계 청년들의 희망이라고 믿고 1889년 '프랑스 스포츠연합'을 조직하였다. 그는 이와 더불어 올림픽이라는 스포츠 제전을 통해 세계의 청년을 한자리에 모아 두고 우정을 나누게 한다면 이는 곧 세계평화의 지름길이 될 수 있다는 신념을 가지게 되었다. 그후 여러 차례 올림픽의 부활을 제창해 오다가 드디어 1894년 6월 16일부터 23일까지 열린 '국제스포츠회의'에서 올림픽의 개최를 제의함으로써 유럽 각국 대표들로부터 만장일치로 찬성을 얻었고, IOC국제올림픽위원회가 조직되었다. 쿠베르탱의 건의에 따라 그리스의 디미트리오스 비켈라스가 초대 IOC 위원장이 되었고 쿠베르탱은 사무총장에 머물렀다. 이들은 1900년에 파리에서 최초의 근대 올림픽을 개최하는 데 합의했으나 6년이라는 기간이 너무 길다고 느껴 시간과 장소를 변경했고, 제1회 대회를 1896년 유서 깊은 아테네에서 개최하기로 결정하였다. 결국 1896년 우여곡절 끝에 13개국 3백여 명의 선수들이 참가한 가운데 그리스에서 역사적인 제1회 올림픽이 열렸던 것이다. 이후 근대 올림픽은 다음과 같은 과정을 거쳐 현재에 이르고 있다.

1) 태동기 : 1896~1912년

제1회 아테네 대회에서부터 1912년의 스톡홀름 대회까지를 근대 올림픽의 태동기로 규정할 수 있다. 1896년의 아테네 대회에서는 준비 과정의 소홀로 인한 시행착오가 있었으나, 1900년의 파리 대회와 1904년의 세인트루이스 대회는 보다 발전적인 형

〈표1〉 1896년 제1회 아테네 올림픽 메달 획득 현황

1896	금메달	은메달	동메달	총계
그리스	10	17	22	49
미국	11	7	1	19
독일	7	5	4	16
프랑스	5	4	2	11
영국	3	3	1	7

〈표2〉 각국의 올림픽 참가 현황

	참가국가	경기	종목	남성	여성
1896	14	43	9	245	0
1900	26	87	17	1,206	19
1904	13	94	14	681	6
1992	169	257	23	6,659	2,708

태로 진화했고, 명실공히 각국을 대표하는 최고의 선수들이 참가했다는 점에서 의미 있었다. 특히 파리 대회부터는 올림픽의 남성 독점적 성격이 무너져 골프와 테니스 종목에서 처음으로 여성들이 선수로 참가했다. 1912년의 스톡홀름 대회에서는 규모면에서 괄목할 만한 성장을 거두어 참가국도 28개국으로 증가했고, 참가 인원수도 2천 5백 명 이상을 헤아렸다. 그러나 불행히도 제1차 세계대전으로 인해 1916년의 올림픽은 개최되지 못했다.

2) 정착기: 1920~1936년

올림픽이 본격적으로 자리를 잡아가고 있던 시기로서 1920년 벨기에의 앤트워프 올림픽이 정착기의 시작점이라 할 수 있다. 전쟁으로 인한 벨기에인들의 상처를 어루만져 주기 위해 개최된 앤트워프 올림픽을 시작으로 1924년의 파리 올림픽, 1928년의 암스테르담 올림픽, 1932년의 로스엔젤레스 올림픽을 거쳐 1936년에는 베를린 올림픽으로 이어진다. 이 시기의 올림픽 중 특히 파리 올림픽에서는 처음으로 '보다 빠르게, 보다 높게, 보다 강하게'Citius, Altius, Fortius라는 표어가 등장했고, 참가국도 44개국에 이르는 등, 올림픽은 공히 세계적인 규모로 성장한다. 베를린 올림픽에서는 최초로 올림픽 성화가 봉송자들에 의해 운반되었고, 또 TV를 통해 경기가 최초로 실시간 방송되었다. 그리고 민족주의를 표방한 정치화의 경향도 등장하기 시작한다. 아리아 인종의 우월성에 대한 이론을 증명하기 위해 히틀러가 베를린 올림픽을 이용한 것이 그 대표적 사례라 할 수 있다.

3) 발전기: 1948~1968년

제2차 세계대전으로 올림픽은 잠정적으로 중단된다. 전쟁으로 인한 폐허의 잿더미 위에서 시작된 1948년의 런던 올림픽을 시작으로 1968년의 멕시코 올림픽까지의 시기가 올림픽의 본격적인 발전기에 해당된다고 볼 수 있다.

이 시기에는 여자 종목의 수효와 여자선수들의 증가가 눈에 띄였으며, TV의 중계 범위가 확대되면서 전 세계적으로 올림픽에 대한 관심이 증폭된다. 1952년의 헬싱키 올림픽을 거쳐, 1956년 올림픽 역사상 최초로 남반구인 오스트레일리아에서 멜버른 올림픽이 개최되었다.

그러나 거리상의 문제로 유럽선수들이 대거 불참함으로써 멜버른 올림픽은 규모면에서 축소되었다. 1964년에는 아시아 최초로 일본 도쿄에서 올림픽이 개최된 바, 참가국과 인원·경기 종목 수에 있어서 비약적인 증가와 발전을 보였다. 이어 1968년에 열린 멕시코 올림픽에서는 참가국 수가 처음으로 100개 국을 넘어서서 125개국에 6천 5백명이라는 대규모 선수단이 참가했다.

4) 분열기: 1972~1984년

올림픽 사상 가장 치열한 정치적 분쟁과 테러리즘으로 올림픽 정신이 퇴색된 시기로 특징지어질 수 있다. 1972년의 뮌헨 올림픽에서는 이스라엘에 억류되어 있던 아랍 포로 2백 명의 석방을 요구하는 테러집단 '검은 9월단'이 이스라엘 선수 9명을 살해하는 사건이 있었고, 1976년의 몬트리올 올림픽은 인종차별 정책으로 비난을 사고 있던 남아프리카공화국과 뉴질랜드의 대회 참가에 반발하여 여러 국가들이 선수단을 철수시킴으로써 정치적 분쟁으로 얼룩진 축제가 되고 말았다.

이어 1980년 동·서 양 진영의 극한 냉전 속에 개최된 모스크바 올림픽은 1979년 12월에 발생한 소련의 아프가니스탄 침공에 항의하여, 미국을 위시한 서방의 60여 개 국가가 참가를 거부함으로써 반쪽 올림픽이라는 오명을 남겼으며, 이어 열린 1984년 로스엔젤레스 올림픽은 이에 대한 반발로 루마니아와 중국을 제외한 동구권 대부분의 국가가 불참함으로써 정치의 위력에 평화와 화합을 슬로건으로 내세운 구호가 무색한 제전으로 전락했다. 특히 1984년 로스엔젤레스 올림픽에서는 정치화 문제와 더불어 프로선수의 참여, 그리고 상업화의 문제가 대두되기 시작했다.

5) 재도약기: 1988년~현재

1988년 서울 올림픽에서는 이러한 분열의 상처를 딛고 동·서 화합의 분위기 속에서 총 160개국 1만 3천 명이 참가하여 실추된 올림픽 정신의 의미를 되살렸다. 1992년 바르셀로나 올림픽에서부터는 올림픽의 아마추어리즘이 퇴색하면서 프로선수들이 대거 참여하기 시작했고, 1996년의 애틀랜타 올림픽과 2000년의 시드니 올림픽에 이어 마침내 2004년에는 올림픽의 본고장인 아테네에서 다시 올림픽이 개최되는 역사적인 사건이 있었다. 이후 2008년에는 중국 베이징에서 아시아에서는 세번째로 올림픽이 개최되면서 올림픽은 현재의 명맥을 이어오고 있다. 이 시기의 특징으로는 프로선수들의 본격적인 등장과 함께 코카콜라와 같은 거대기업의 참여가 본격적으로 시작됨으로써 아마추어리즘을 지향하는 올림픽 정신이 크게 퇴조했다는 점을 들 수 있다.

올림픽의 현실

고대 올림픽은 제우스신에게 바치는 그리스인들의 정성 어린 제전으로 종교와 예술, 군사훈련이 삼위일체를 이루는 단순한 스포츠 경기 이상의 의미를 지닌 헬레니즘 문화의 정수라 할 수 있다.

고대 올림픽이 지향했던 평화와 화합의 정신은 근대 올림픽에도 그대로 계승되었고, 현대 올림픽에서도 이러한 정신은 가장 위대하고 숭고한 덕목으로 올림픽의 존재 이유를 설명해 주고 있다. 그리고 올림픽이 표방하는 기본정신의 계승과 더불어 올림픽의 복합적인 성격 —— 스포츠와 함께 문화와 예술의 장을 포함하는 —— 또한 오늘날까지 그대로 이어져 오고 있다. 그리하여 고대에서 근대로, 근대에서 현대로 이어져 오면서 올림픽의 범위와 규모는 더욱더 확장되고 있다.

올림픽이라는 거대한 장場을 통하여 올림픽을 유치한 국가는 자국의 스포츠와 함께 문화와 예술, 그리고 전통을 전 세계에

드러내는 한편, 자국민의 단결과 애국심의 고취를 통하여 자국의 총체적인 힘을 과시하려 한다. 따라서 규모의 확장으로 천문학적 액수가 소요되는 제전임에도 불구하고, 올림픽을 유치하려는 국가들의 경쟁은 나날이 치열해져 가고 있는 실정이다.

그러나 이렇듯 올림픽이 가져다주는 긍정적 효과의 이면에는 그에 못지않은 부정적 측면도 있음을 간과하지 말아야 한다. 올림픽으로 환호하고 기쁨의 눈물을 흘리는 사람들이 있는가 하면, 역설적으로 올림픽으로 신음하고 고통받는 삶이 있다는 사실을 결코 가볍게 흘려서는 안 된다는 말이다. 따라서 화려한 스포트라이트가 비치는 올림픽에 감춰진 이면을 살펴보는 것이 올림픽의 모습을 균형적인 시각으로 바라볼 수 있는 지름길이 될 것이다.

올림픽의 정치화

인류의 화합과 평화라는 대전제를 내세우면서 시작된 올림픽은 역사적으로 어느 정도 그 취지에 부합하는 역할을 수행해 온 것이 사실이다.

고대 그리스에서는 올림픽이 열리는 동안 잠정적인 휴전상태가 이루어지면서 평화가 유지되었고, 근대 올림픽에서는 각국의 수많은 젊은이들이 스포츠를 통한 경쟁으로 우정을 나누면서 신뢰를 쌓는 등, 국제 평화의 중요한 디딤돌 역할을 다했던 것이다. 그러나 올림픽을 개최하는 국가는 올림픽을 스포츠의 차원을 넘어서서 자국의 문화와 예술, 그리고 국력을 과시하는 선전의 장으로 활용함으로써, 올림픽 정신의 본래의 취지와는 달리 국내적으로는 압제자들에게 독재를 정당화하는 명분과 민중을 탄압하는 빌미를 제공하기도 했다.

또한 국제적으로 올림픽은 정쟁政爭과 이념이 대결하는 장이기도 했다. 게르만 민족의 우월성을 과시하려 한 히틀러의 전략, 미국을 비롯한 서방국가들과 구舊 소련을 위시한 동구권의 이념적 대립과 냉전구도, 가톨릭을 근간으로 하는 서양사회와 코란을 내세우는 이슬람 세력 간의 종교적 갈등과 대립 등은 올림픽의 정치화를 언급하는 데 있어서 너무 흔히 거론되는 식상한 소재일지도 모른다.

올림픽의 슬로건 자체가 세계의 평화나 휴머니즘과 같은 고귀한 덕목을 기본으로 하고 있지만 내부적으로 살펴보면 실상은 별로 그렇지 못하다는 것을 깨달을 수 있다. 고대 올림픽은 아테네와 스파르타 등의 도시국가들의 분쟁에서 헤어나지 못했고, 실제로 국가 간의 전쟁도 끊이지 않았다. 페르시아 전쟁과 펠로폰네소스 전쟁이 그 사례라 할 수 있으며, 올림픽 주최권 문제로 일어난 엘리스와 파사의 전쟁도 있었다. 쿠베르탱 남작이 근대 올림픽을 창시한 것도 국내적으로는 보불전쟁에 패배한 프랑스 젊은이들의 사기를 진작시키고, 국외적으로는 미국과 유럽 사이의 미묘한 관계를 개선해 보고자 하던 정치적 의도가 깔려 있었다.

올림픽 역사에서 정치적 색채가 가장 두드러진 대회는 1936년의 베를린 올림픽이었다. 유럽을 집어삼키려는 히틀러의 야욕을 눈치챈 주변 국가들은 개최지 변경을 요구했으나 IOC는 대회를 강행했고, 결국 베를린 올림픽은 나치의 정치적 선동장이 되고 말았다. 히틀러는 직접 올림픽의 전 과정을 감독했으며 이를 나치 체제에 대한 지지율을 끌어올리는 수단으로 이용했다. 이 대회에서 처음으로 도입된 성화 봉송은 나치 당원들이 '히틀러 만세'를 연호하는 가운데 벌어졌다.

베를린 올림픽은 또한 나치의 인종차별주의로 얼룩진 대회였다. 나치는 유태계 운동선수들을 자국 팀에서 제외했고, 히틀러는 미국의 전설적인 흑인 육상선수 제시 오언스Jesse Owens가 100미터 경주에서 우승하자 "미국은 깜둥이들에게 메달을 따게 한 것에 대해 부끄러워해야 한다"며 메달 수여를 거부할 정도였다.

1968년 멕시코시티에서 열린 올림픽의 경우, 대회가 개최되기 직전에 멕시코 정부는 올림픽을 반대하며 평화적으로 시위를 벌이던 3백여 명을 학살했고, 이어 1972년의 뮌헨 올림픽에서는 올림픽 사상 최대의 테러사건이 벌어졌다. 이는 이스라엘과 팔레스타인의 오랜 분쟁에서 비롯된 사건으로, 아랍인 테러

집단인 '검은 9월단'이 선수촌에 잠입하여 이스라엘 선수 8명을 학살한 사상 최악의 올림픽이라 할 수 있다.

1980년 모스크바 올림픽과 뒤이은 1984년 로스엔젤레스 올림픽은 동·서 양 진영의 격한 대립으로 반쪽 대회로 전락하고 말았다. 구 소련의 아프가니스탄 침공으로 불거진 갈등으로 미국을 위시한 서방 국가들은 모스크바 올림픽을 보이콧했고, 로스엔젤레스 올림픽에서는 역으로 동구권 국가들이 대거 불참했던 것이다.

1988년의 서울 올림픽에서는 대회의 개최를 위하여 살인적인 노점상 단속이 이루어졌고, 1992년의 바르셀로나 올림픽에서는 바스크 분리주의자들에 대한 스페인 정부의 강경진압 작전이 취해졌으며, 애틀랜타 올림픽과 최근의 베이징 올림픽에서도 노숙자들에 대한 대대적인 단속이 시행되는 등, 지배계층은 올림픽을 하층 민중을 탄압하는 정치적 도구로 사용해 왔다.

올림픽이 정치화된 위의 사례들을 살펴보면서 우리는 오늘날의 올림픽이 지니고 있는 근본적인 문제점들에 접근해야 한다. 과연 현재의 올림픽은 고대 올림픽이 지향했던 인류의 평화와 화합의 이념에 공헌한 것이 사실일까? 과연 올림픽은 전 세계인이 참여하고 즐기는 인류 최대의 축제라 할 수 있을까? 이에 대한 답은 그리 긍정적이지 못하다. 근대 이후 국민 스포츠는 국가주의 의식을 고취하는 차원에서 적극적으로 지원, 육성

되어 왔다. 쿠베르탱이 창시한 근대 올림픽도 실상은 보불전쟁에서 패한 프랑스의 국내 분위기를 전환시키고자 하는 생각에서 비롯되었다는 점을 상기한다면, 올림픽의 정치화는 어쩌면 처음부터 필연적이었을지도 모른다. 나아가 히틀러의 경우에서 볼 수 있듯이 올림픽은 심지어 민족주의와 국수주의적 경향을 띠기도 했다. 모든 인간과 국가의 평등을 지향한다는 숭고한 이상은 그럴듯했지만 실상 올림픽은 오랫동안 강대국 중심주의와 백인 우월주의의 타성에서 벗어나지 못하고 있다. 지금도 저개발 국가들은 중계권료를 부담하지 못해 올림픽이라는 세계적인 축제에서도 소외되고 있는 현실이다.

올림픽의 상업화

현대 올림픽을 언급하면서 올림픽의 정치화와 더불어 가장 많은 논란을 불러일으키는 것은 올림픽의 상업화 문제일 것이다. 고대 올림픽은 원칙적으로 탈정치와 함께 철저한 아마추어리즘을 지향한 제전이었다.

그러나 최초의 정신과는 달리 올림픽이 애초부터 순수한 아마추어리즘의 무대가 아니었음은 확실하다. 고대 올림픽에서의 승자는 제우스 신전 뒤에 있는 올리브 나무에서 자른 올리브 가지나 월계수 잎으로 만든 관을 받는 것이 관례였다. 이 원칙이 충실히 지켜졌다면 올림픽의 아마추어리즘을 의심할 수 없겠지만, 실상 뒷면에서 승자에게 베풀어진 특혜는 올림픽 정신을 의심케 할 정도로 엄청난 것이었다. 각 도시국가는 자신들의 국력을 과시하고 선수들의 경쟁심을 자극하기 위해 승자들에게 막대한 특혜를 베풀었다. 선수들은 평생 동안의 의식주에 관한 혜택뿐만 아니라 엄청난 액수의 상금까지도 챙길 수 있었다. 이를 위해 선수들은 경쟁에서 이기려고 뇌물을 이용하거나 국적을 속이는 등 무리수를 두기 일쑤였다.

승자들은 영웅으로 숭배되었고, 그들의 땀은 비싼 상품으로 팔려 나갔다. 말하자면 선수들의 땀이 뒤섞인 흙을 모아둔 병이 상품화되어 마법의 약물로 매매되었던 것이다. 여기에 순수한 선수들과 관객들 말고도 올림픽을 다른 목적으로 이용하려는 사람들도 많았다. 정치가들은 자신의 세력을 과시했고, 웅변가나 시인·예술가 그리고 문학인들이 자신의 이름을 알리고 돈을 벌기 위해 몰려들었다. 결국 돈이나 명예·정치를 떠난 '순수한' 올림픽은 애초부터 하나의 이상이자 소망에 불과한 것이었는지도 모른다.

고대 올림픽에서의 상업적 성향 못지않게 근대 올림픽도 초창기부터 상업화에 물들어 있었다. 1894년 IOC가 조직되고 1896년 제1회 아테네 올림픽이 개최되었을 당시, 미국의 코닥사가 스폰서로 참여했을 정도로 올림픽은 초기부터 상업적인 성격을 띠고 있었던 것이다. 1948년 런던 올림픽부터는 TV 중계권을 활용함으로써 IOC는 막대한 수익을 챙겼고, 이후 안정적인 재정을 확보하기 위하여 1955년부터는 방송권을 장기계약하기에 이르렀다.

올림픽을 총괄하는 IOC의 상업적 전략과 함께 올림픽을 개최하는 국가들도 올림픽을 통한 자국의 경제적 이익을 극대화하기 위해 거대 기업들과 손을 잡기 시작했다. 나날이 확장되어가는 대규모 스포츠 제전을 개최하기 위해서는 기업의 후원을 배제한 정부의 순수한 출자만으로는 역부족이었던 때문이다.

1952년 헬싱키 올림픽부터 마케팅 프로그램이 국제화되기 시작했고 1970년대부터는 다양한 스폰서들이 올림픽에 참여하기에 이르렀으며, 1988년 서울 올림픽 이후에는 TOP^{The Olympic Partners} 프로그램이라는 비즈니스 모델이 정착되어 스폰서의 참여가 공식화·관례화되었다.

현대 올림픽은 위에서 간략하게 살펴본 바와 같이 경제적 수익성과 불가분의 관계에 있었지만 올림픽이 항상 흑자를 기록했던 것만은 아니다. 일례로 1976년의 몬트리올 올림픽은 캐나다 정부의 온갖 노력에도 불구하고 엄청난 적자를 기록했고, 이를 교훈으로 1984년의 로스엔젤레스 올림픽은 시설투자의 최소화·광고 유치·자원봉사의 활용 등으로 다시 흑자를 기록했다. 이어 1996년에 개최된 애틀랜타 올림픽부터 올림픽의 상업화는 극에 달해 올림픽의 변질을 우려하는 목소리가 높아지기 시작했다. 최고의 선수들의 기량을 보여 준다는 명분으로 프로 선수들의 참가를 허용하면서 올림픽의 상업화는 선수들을 상품화시키는 데 일조했다. 우수 선수들은 올림픽을 자신의 몸값을 올리는 데 이용했고, 이를 위해 약물을 복용하는 등의 부적절한 행위도 끊이지 않았다. 여기에다 올림픽의 최고의사 결정기관인 IOC도 올림픽 유치활동이나 기업과의 후원 문제 등에서 각종 부패의 의혹에 시달리고 있는 실정이다.

올림픽의 상업화는 결국 물질만능과 인간성의 상실을 확산시킨다는 점에서 올림픽 정신에 위배된다. 실제로 현대 올림픽은 세계적인 기업들의 경제 전쟁터로 변했고, IOC는 상업주의에 더욱 집착하며 부패에 허덕이고 있다. 그럼에도 불구하고 올림픽의 장기적인 발전과 안정적인 개최를 위해 상업적 요소를 도입하는 것은 불가피한 일이다. 기업의 후원과 각종 상업적 장치를 마련하지 않았더라면 올림픽이 지금처럼 성대하게 열리지는 못했을 것이고, 오히려 점차 힘을 잃어 사라졌을지도 모른다.

현실적으로 오늘날에는 기술과 서비스·제품·통신 등, 재정과 기술상의 지원 없이 올림픽이 제대로 치러질 수 없다. 건전한 올림픽 정신에 동의하는 기업의 후원은 부당한 정치권력에 의해 올림픽이 악용될 위험을 줄인다는 점에서도 긍정적이다. 물론 올림픽 정신을 근본적으로 훼손하는 지나친 상업화는 경계해야 할 것이다.

올림픽의 정치권력으로 자리 잡은 IOC 위원들의 부패 역시 척결해야 할 대상이다. 하지만 그렇다고 해서 올림픽의 상업화를 전적으로 외면할 수는 없다. 현대의 스포츠는 단순한 운동놀음의 차원이 아닌 공공성을 지닌 하나의 산업이기 때문이다. 올림픽의 상업화는 현대 스포츠가 미디어를 매개로 하여 세계인들에게 볼거리를 제공하는 데 크게 기여한 것이 사실이다. 이런 점에서 자본주의 사회에서 기업과 올림픽의 공생관계는 자연스런 것으로서 그것의 부작용보다는 올림픽의 수익성 향상과 대중화 등 순기능적인 면을 더 살려 나간다면 올림픽은 월드컵 축구와 더불어 지구촌 최대의 축제로서 오랫동안 존속할 것이다.

『라울 파방의 제1회 아테네 올림픽』에 대하여

『라울 파방의 제1회 아테네 올림픽』은 크게 두 부분으로 구성된다. 먼저 앞 부분은 에밀리 카펠라의 소개로 고대 올림픽의 탄생에서부터 제1회 아테네 근대 올림픽의 개최에 이르기까지의 과정을 상세히 다루고 있다. 기원전 776년부터 시작된 고대 올림픽의 기원과 유래와 의미, 로마의 그리스 정복으로 인한 올림픽의 폐지와 올림픽을 복구하고자 하는 근대인들의 사고와 욕망, 근대 올림픽의 창시자 쿠베르탱의 업적, 그리고 근대 올림픽의 정신 등을 언급한다. 뒷부분은 라울 파방의 글로서 새롭게 복구된 제1회 아테네 올림픽의 전개과정을 전반적으로 기술한다.

『주르날 드 데바』의 편집장으로서 아테네 올림픽이 개최될 당시 임시특파원의 자격으로 파견된 라울 파방은 자신이 아테네에서 본 모든 것을 기자의 정확성으로 충실히 재현하는 데 성공했다. 올림픽에 관한 많은 글들이 존재하지만 1896년 제1회 아테네 올림픽에 관한 상세한 문헌은 찾아보기 힘들다. 이런 의미에서 라울 파방의 글은 아테네 올림픽에 관한 기록적 문헌일 뿐만 아니라, 올림픽의 역사를 조명하는 데 있어서도 귀중한 역사적 자료의 가치를 지닌다 할 수 있겠다.

우선 라울 파방은 제1회 올림픽이 개최될 때까지의 우여곡절의 과정과 인간들의 다양한 노력을 소개한다. 국제올림픽위원회의 창설 과정과 거기에 개입된 인사들의 목록, 그리스 국왕을 위시한 올림픽 개최의 지지자들과 반대자들의 갈등, 아테네 올림픽을 위한 그리스인들의 준비 과정, 스타디움과 사이클 경기장을 위시한 각종 시설물들의 건립 상황 등, 올림픽 뒤에 숨겨진 각종 에피소드를 상세히 언급하고 있을 뿐만 아니라, 각종 경기의 세부적 상황과 그에 대한 관중들의 반응을 묘사함으로써 당시 올림픽의 감동을 생생하게 전해 준다. 특히 개막식의 열광적인 분위기와 마라톤 종목의 묘사는 마치 우리가 스타디움에 앉아 있는 듯한 착각을 불러일으킬 정도로 사실적으로 서술된다. 그리고 이러한 사실적 기술은 아테네와 그 인근 지역의 지리적·자연적 환경과 그리스인들의 일상적 삶의 양상까지 포함함으로써, 올림픽 자체에 관한 충실한 기록의 차원을 넘어서서 당시 그리스인들의 다양한 삶을 올림픽에 투영하는 종합적 기록이라고 할 수 있다. 그리하여 그리스인이 아닌 이방인으로서 아테네 올림픽을 보다 객관적으로 조명할 수 있는 위치에 있었던 라울 파방은 아테네 올림픽에 대한 시각뿐만 아니라 올림픽을 개최하는 그리스와 그리스인들의 참모습을 객관적으로 바라보자는 다음과 같은 말로서 끝맺고 있다.

"고대라는 미로의 길을 인도하는 줄을 되찾고서 우리는 중세의 암흑으로부터 벗어나는 데 2백 년을 소비했지만, 정작 60년 전에 그리스가 터키의 어둠 속에 잠겨 있었다는 사실은 잊고 있다. 그리스를 공정하게 바라보자. 몇몇 광채로 그리스를 신뢰하자. 우리가 방금 확인한 사실은 그리스에는 상당히 팽팽하게 조여진 스프링이 있다는 것이다. 이 스프링이 풀리면 세계는 언젠가 커다란 놀라움을 경험하게 될 것이다."

그리스 올림픽 연대표

BC 776   엘리아스의 왕 이피토스의 통치하에 올림피아 성전(聖殿)
에서 올림픽 경기가 시작된다.

BC 732   스파르타는 그리스 전역에 빛을 발하기 시작하는 도시 올
림피아에 자국의 대표 선수들을 파견한다.

BC 5세기   올림픽은 절정에 달하고 종목 수는 13가지였다.

BC 146   그리스는 로마령이 된다. 로마인들이 올림피아 성전을 약
탈한다. 올림픽의 귀족적인 경기들이 폐지되고 격렬한 경기
들로 대체된다.

AD 393   마지막 고대 올림픽. 기독교도 황제인 테오도시우스는 올
림픽을 금지한다.

426   테오도시우스 2세는 올림피아의 파괴를 명한다.

6세기   격렬한 지진이 손상되지 않고 남아 있던 마지막 기념물들을
쓰러트린다.

14세기~18세기   그리스는 터키의 지배하에 들어간다.

1715   터키인들이 펠로폰네소스를 점령함으로써 그리스 정복을
완성한다. 국민 의식의 부활.

1821   혁명의 시작. 터키인들에 대항하는 봉기(3월 25일).

1821~1831 독립을 위한 투쟁.

1830 그리스는 독립을 쟁취한다.

1833 그리스는 오톤(Othon) 왕이 통치하는 군주국이 된다.

1834 스웨덴 사람인 구스타프 샤르타우(Gustav Schartau)가 고
대에서 모방한 '스칸디나비안 게임'(Scandinavian Games)
을 스웨덴에서 개최하는데, 여기에 포함된 종목들은 레슬링
과 역도, 밧줄타기, 달리기, 체조였다. 이후 경기는 계속 개최
되지 않았다.

1829 올림피아 지역에서 최초의 고고학적 발굴(5월).

1859 그리스의 부호 자파스 씨의 후원 아래 아테네에서 올림픽의
개혁에 관한 시도가 있었다.

1862 국왕 오톤에 대한 반란. 입헌군주국 수립. 덴마크의 빌렘 왕
자가 게오르기오스 1세라는 이름으로 그리스 국왕에 즉위
한다.

1869 영국의 머치 웬록(Much Wenlock) 지방에서 올림픽 게임
(Olympic Games)을 출범시킨다.

1870~1875, 1889 그리스에서 비스포츠적인 여러 가지 오락거
리에 대한 새로운 시도들이 있었다.

1892 소르본대학에서 피에르 드 쿠베르탱은 올림픽의 부활을 구
상하고 있다고 선언한다(11월 25일).

1894 파리의 소르본에서 소집된 국제회의는 올림픽의 부활과 국

제올림픽위원회의 구성을 만장일치로 통과시킨다(6월).

1896 아테네에서 최초의 근대 올림픽이 열린다. 그리스 국왕 게오르기오스 1세는 펜텔리쿠스의 대리석 스타디움에서 의식의 관례가 될 문구를 발표한다(4월 6일). "나는 현대의 제1회 올림픽의 개회를 선언합니다."

1922 그리스 - 터키 전쟁. 그리스는 스미르나(Smyrne)와 트라키아(Thracia)를 잃는다. 터키에 있는 150만 명의 그리스인들이 이주한다.

1924 그리스 공화국 선포.

작가가 사랑한 도시 시리즈

100년 전 도시에서 만나는 작가들의 특별한 여행 그리고 문학!!

01 플로베르의 나일 강 귀스타브 플로베르 지음, 이재룡 옮김

스물여덟 살의 플로베르가 돛단배로 떠난 넉 달간의 나일 강 여행! 편지로 어머니에게는 나태와 노곤함을, 친구에게는 동방의 에로틱한 밤을 전한다. 훗날 『보바리 부인』에 재현될 멜랑콜리와 권태의 원천이 되는 감각적인 기행문!!

02 뒤마의 볼가 강 알렉상드르 뒤마 지음, 김경란 옮김

1858년, 대문호 알렉상드르 뒤마가 러시아의 변경 볼가 강 유역을 방문한다. 당대 최고의 여행가의 펜 끝에서 펼쳐지는 칭기즈칸의 후예 칼미크족의 유목 생활과 풍습 그리고 그들의 왕성에서 열린 축제까지, 말 그대로 여행문학의 향연이 펼쳐진다!!

03 쥘 베른의 갠지스 강 쥘 베른 지음, 이가야 옮김

코끼리 모양의 증기 기관차를 타고 힌두스탄 정글을 가로지르는 영국군 퇴역대령과 프랑스인 친구들. 성스러운 갠지스 강 순례 도시들의 유적과 힌두교도들의 풍습이 당대를 떠들썩하게 한 세포이 항쟁의 정황과 함께 어우러진 독특한 모험소설!!

04 잭 런던의 클론다이크 강 잭 런던 지음, 남경태 옮김

알래스카 남쪽 클론다이크 강 유역에 금을 찾아 모여든 인간들. 차디찬 설원의 밤, 사금꾼들의 숙박소로 의문의 남자가 피를 흘리며 찾아든다. 야성의 본능만이 투쟁하는 대자연에서 전개되는 어긋난 사랑과 파멸. 섬뜩하면서도 매혹적인 독특한 여행소설!!

05 모파상의 시칠리아 기 드 모파상 지음, 어순아 옮김

프랑스 문단의 총아 모파상은 우울증이 심해질 때마다 여행을 떠난다. 시칠리아에 도달한 그가 마주한 것은…… 고대 그리스 신전과 중세의 고딕 성당, 화산섬 특유의 용암 풍광 등 자연과 예술이 하나 된 곳, 모더니티의 유럽인들이 상실해 가는 지고의 아름다움이었다.

06 뮈세의 베네치아 알프레드 드 뮈세 지음, 이찬규 · 이주현 옮김

베네치아를 무대로 천재화가이자 도박자 티치아넬로와 베일에 싸인 연인 베아트리체가 벌이는 사랑의 사태와 예술적 영혼들에 관한 성찰! 낭만주의 시인 뮈세와 소설가 조르주 상드의 "빛나는 죄악" 같은 사랑에서 탄생한 한 폭의 바람 센 강 풍경 같은 예술소설!!

07 에드몽 아부의 오리엔트 특급 에드몽 아부 지음, 박아르마 옮김

1883년 10월 4일, 당대 최고의 여행작가 에드몽 아부가 국제침대차회사의 초대로 오리엔트 특급 개통기념 특별열차에 탑승한다. 최신식 침대차의 호화로움과 파리에서 터키 이스탄불 사이의 여정이 상세하면서도 역동적으로 묘사된 여행 에세이의 백미!!

08 폴 아당의 리우데자네이루 폴 아당 지음, 이승신 옮김

19세기에 이미 전기 설비가 완성된 '빛의 도시' 리우. 폴 아당은 놀라운 속도로 개발되는 도시 외관과 아름다운 자연에 눈을 빼앗기면서도, 브라질 사람들의 순박하면서도 아름다운 생활상을 발견해 내는 아나키스트 작가의 면모를 숨김 없이 보여 준다.

09 라울 파방의 제1회 아테네 올림픽 라울 파방 지음, 이종민 옮김

제1회 올림픽이 열린 아테네에 『주르날 드 데바』 지의 특파원 라울 파방이 도착한다. 기자다운 정확성으로 생생히 재현되는 IOC 창설 과정, 근대 올림픽 개최를 둘러싼 갈등, 각종 경기장들의 건립 상황 등 올림픽 뒤 숨겨진 이야기들!!

10 라마르틴의 예루살렘 알퐁스 드 라마르틴 지음, 최인경 옮김

'평화의 도시' 예루살렘. 유대교와 기독교, 이슬람교가 각축한 복잡한 역사를 고스란히 담고 있는 이 성소로 낭만주의 시인 라마르틴이 병든 딸과 여행을 떠난다. 시인의 내면 깊이 간직된 신앙심과 자연에 대한 애정이 이 도시를 바라보는 시선에 그대로 배어 있다.

*〈작가가 사랑한 도시〉 시리즈는 계속됩니다!

지은이 **라울 파방**(Raoul Fabens)

『주르날 드 데바』(*Journal des débats*) 지의 편집장이며 기자인 라울 파방은 1896년 제1회 아테네 올림픽의 개최에 있어서 상당한 공헌을 한 인물이다. 스포츠 애호가로 서『모두를 위한 스포츠』(*Les sports pour tous*)를 출간했으며, 쿠베르탱의 절친한 동료 로서 프랑스올림픽위원회의 사무국장으로 활동했다.

옮긴이 **이종민**

프랑스 툴루즈 제2대학(미라이 문과대학)에서 19세기 프로방스 문화에 관한 연구로 석, 박사 학위 취득(논문: 「알퐁스 도데의 프로방스 연대기를 통해 본 19세기 프랑스에 관 한 고찰」). 지은 책으로는 『알퐁스 도데의 문학과 프로방스 문화』(2004), 『프랑스 대 혁명 이후의 문예와 정치』(2004), *La Provence du XVIIe et XVIIIe siécle, Histoire et culture*(2006)가 있으며, 번역한 책으로는『죽음의 역사』(필립 아리에스 저, 2003), 『모 더니티 입문』(앙리 르페브르 저, 2003) 등 다수가 있음. 현재 서경대 유럽어학부에서 강 의 중이다.